本当はきみに噛まれたい

～歳の差オメガバース～

YUZUKO NATUME

なつめ由寿子

CHOCOLAT BUNKO

JN126508

ILLUSTRATION みずかねりょう

CONTENTS

1

体が熱く疼いて、仕方ない。

華やかなパーティー会場の片隅。笹森晃一《ささもりこういち》は火照《ほて》る体を持て余しながら、ホテルの広間に設置されたバーカウンターに立っていた。絶え間なく手を動かしカクテルを作り続けているが、平静を装うのが精一杯。貼り付けた微笑の裏では、一刻も早くこの激しい情動を発散することばかりを考えていた。

セックスがしたい。誰でもいいから抱いて欲しい。理性なんかぶっ飛ばして、今すぐに獣のようなセックスがしたい。

仕事中に何を考えているのかと思わないでもないが、この滾《たぎ》る生理現象だけは自分の意志ではどうにもできなかった。晃一は今、発情期の真っ最中なのだ。

「はあ……、ヤリてえ……」

本音と共に漏れ出た溜め息は思いのほか熱く欲に濡れており、早く帰りたい、と強く思う。発情を抑えるための抑制剤は飲んだけれど、今日はどうにも効きが悪い。いつもならば服用してまもなく落ち着いてくるのに、客を目の前にするとこの男はナニがでかそうだの、こっちはねっとりしたセックスが好きそうだの、あらぬ妄想を繰り広げてしまう。誘惑したら乗ってくれそうな相手が現れたら自分を抑える自信がなくて、大分ギリギリな状態だった。

ちらりと腕時計に目をやると、パーティー開始から一時間も経っておらずに落胆する。今日は長くなりそうだと気が遠くなりかけた時、カウンターの前に人が立った。反射的に口角を上げることができるのは、長年のバーテンダーの経験があってこそだった。

「こんばんは。何かお飲みになり……、ってなんだ、昭仁《あきひと》かよ」

「なんだとはなんだコラ。支配人様に向かって」

目の前に現れたのは、晃一の友人でありこのホテルの支配人の芹沢《せりざわ》昭仁だった。スーツを着込んでシャンパングラスを片手に持っているのは、今日のパーティーのゲストでもあるからだ。

「晃一お前大丈夫なのかよ、ヒート。すました顔してんのになんかエロいぞ」

「マジか。いや今日はなんかヤバいんだよ。……って、そうじゃねえ、こんなところでなんてこと言うんだ。ヒート中のオメガがバーテンしてるなんて知られたら事だろうが」

「別に悪いことしてるわけじゃねえんだ。コソコソするほうがどうかしてる」

声を潜める晃一に対し昭仁は平然とそう言ってのけ、勝手にシャンパンボトルを手に取りグラスに注ぎ始める。昭仁とは長い付き合いで気の置けない関係なのだが、こういう妙に肝《きも》の据わったところは美徳でもあり困ったところでもあった。

「ヒートでもオメガでも関係ねえ。大事なのはお前が腕の良いバーテンってことだろ」

「いや、そうだけど、そうじゃねえだろ……」

オメガとは、男性と女性のほかに人が生まれ持つ第二の性別で、バース性と呼ばれる性別のひとつだった。アルファ、ベータ、オメガの三種類に分類され、オメガは繁殖に特化した性質を持っている。発情期——通称ヒートが定期的に訪れ、その期間のオメガは生殖活動を求め、常に欲情している状態になるのだ。一週間ほど発情は続き、その間は内服薬や注射等で症状を抑えなければ正気を保っていられないことがほとんどだった。日常生活や仕事に支障をきたすことは避けられず、その特徴からオメガは理性のない動物のようだと見下され、差別されることが多かった。

パーティー会場のバーテンダーが発情期の最中だなんて、他のゲストや主催者に知れたら不愉快だと感じる人は多いだろうし、ホテルの信用問題にも関わる。性別に対してなんの偏見も差別意識もない昭仁を晃一は友人として好ましく思う傍ら、やはり周囲の目は気になった。

「一応悪いと思ってるんだぜ。ヒート中に働かせちまってること。お前がヤバイとか言うの相当だろ」

「いや、ヤバイのは本当なんだがなんとか大丈夫だ。それにこの通り、俺のフェロモンはやっぱり誰にも効いてないみたいだしな」

自虐《じぎゃく》気味に言って、晃一は肩を竦めて見せる。

通常なら、発情期中のオメガはフェロモンを分泌し、アルファや一部のベータを強制的に発情させるものなのだ。けれど、このパーティー会場で晃一を気にしている者は一人もいない。それは、晃一のフェロモンが誰にも作用していないということだ。

「確かに、相変わらずお前のフェロモンまったく感じねえなァ」

「だろ。会場見る限りアルファっぽい奴多そうなのに、誰にも気付かれてない。まあ、俺がおっさんだからってのもあるだろうけど」

「自虐やめてくださーい。同い年の俺にもダメージ入るだろうが」

自分で話題にしておきながら、オメガのフェロモンに誘われるはずのアルファである昭仁の「フェロモンをまったく感じない」という言葉は晃一の胸をちくりと刺した。

晃一のフェロモンがアルファにもベータにも効かないのは昔からで、今まで誰一人として発情させた試しがない。今日、晃一が発情期にもかかわらず出勤できているのは、この特異な体質のおかげだった。

「それより本題だ。なんと、ヘルプのバーテンが見つかった」

「え、マジか」

「ああ。都内の系列ホテルに片っ端からヘルプ要請出してな。さっき一人OKだって連絡が入った。あと三十分くらいで到着するみてえだから、入れ替わりで上がってくれ」

「そうか……、助かった」

思わぬ朗報にほっと安堵の溜め息が漏れる。昭仁には強がって見せたが、正直なところ今夜は発情の症状が強くて最後まで持つか不安だったのだ。あと三十分の辛抱《しんぼう》だと思えば、なんとか耐えられそうだ。

「くれぐれも無理はすんなよ」

「おう、ありがとな。昭仁」

パーティーに戻った昭仁を見送ったあとは、再び笑顔を貼り付けて仕事に専念した。ヘルプのバーテンダーへの引き継ぎの準備をしながら、オーダーが入ればカクテルを作り提供する。疼く体を意識しないよう無心で作業し、必要最低限の仕事をこなすと三十分はあっという間に過ぎた。

ヘルプの到着を待つだけになると、晃一はまた密かに熱い吐息を零した。気が緩みそうになるのを堪え、背筋を伸ばして真っ直ぐに立つ。まもなく解放されると思うと精神的に随分《ずいぶん》と楽で、この日初めてまともに会場内を見渡すことができた。

中央で昭仁がパーティーの主役と楽し気に話しているのが見える。昭仁の従兄弟《いとこ》で、有名な小説家の芹沢冬馬《とうま》だ。先日、著書が大きな賞を受賞したとのことで、今日はお世話になった人や親しい間柄の人への感謝を込めた個人的な催しらしい。

遠目からでもわかる整った顔立ちと、すらりと高い身長。圧倒的な存在感の冬馬は誰が見ても上等なアルファだった。きっと、セックスも上手いに違いないと妄想しかけたその時、晃一の目を引いたのはその隣に立つ少し小柄な男性だった。

男は芹沢冬馬に腰を抱かれており、親密な関係であることは明らかだった。そして、少し前に昭仁から聞いた話を思い出す。芹沢冬馬のパートナーは男性オメガであり、過去に番《つがい》を失った経験があるということ。その話は、オメガである晃一にはにわかには信じ難いものだった。

アルファとオメガは、特定の相手と「番」と呼ばれる伴侶《はんりょ》になることができる。強い結びつきができ、フェロモンがお互いにしか作用しなくなるのだが、その番関係を解消するとオメガは以降、誰とも番えなくなるのだ。何度でも番えるアルファと違い、オメガにとって番を作ることは一生に一度の重要な出来事であり、失敗の許されない行為だった。

昭仁の言う通りに彼が本当に番を失ったことがあるのなら、今は誰とも番えない状態だ。すなわち、芹沢冬馬とは番ではないということ。それなのに二人は仲睦まじく、傍から見れば番そのものだった。

そんな興味本位から思わずまじまじと見つめていると、二人が揃ってこちらに向かってきたので動揺した。顔には出さず平静を装うが、挨拶が少し上擦ってしまう。

「こんばんは。ご注文承ります」

「ノンアルコールのカクテルをお願いできますか。できればあんまり甘くないのを」

にこやかにそう言ったのは、冬馬だった。少し酔っているのか上機嫌そのものだ。そして、続けてこう言ったので驚いた。

「実は今、京《きょう》ちゃんのお腹に俺達の赤ちゃんがいるんです。だから、お酒はダメだけど少しでも雰囲気を楽しんでもらえたらと思って」

「おい冬馬お前、酔いがまわってきてるぞ。すみません、コイツには水を貰えますか」

芹沢冬馬をコイツ呼ばわりしたことに少しぎょっとしたものの、冬馬の表情は相変わらず幸せに蕩《とろ》けていた。京ちゃんと呼ばれた男も、柔らかな笑顔を向けている。

一緒にいることが当然で二人でひとつのような、同じ温度の空気感。本当に仲の良い者同士にしか出せないあたたかな雰囲気が、二人の間にはあった。それは、晃一がバーテンダーとして膨大な数の人間を見てきたからこその直感だった。

そう理解した瞬間に湧き上がったのは、強烈な嫉妬《しっと》と羨望《せんぼう》だった。

昭仁から話を聞いた時、二人は打算的な関係なんじゃないかという考えが頭に浮かんだ。オメガは番を作り、フェロモンが他者に効かなくなることで初めて社会的な信頼を得ることができる。だから一般的にオメガは発情期を迎えるとすぐに番を探し始めるし、晃一もそうだった。番のいないオメガは幸せにはなれない、それが通説なのだ。

けれど、目の前の二人は番になれない関係であるにもかかわらず結ばれており、もうすぐ子供まで産まれるのだという。

二人の事情は何も知らない。けれど、「うらやましい」と強く思った。お互いに愛し合い、幸せそうに寄り添っているこの二人が。

「バーテンさん？」

「……、す、すみません。失礼しました。甘くないノンアルコールカクテルと水ですね。少々お待ちください」

声をかけられ我に返り、慌てて口角を上げたが、上手くいったかはわからない。じわじわと胸に押し寄せる複雑に混じり合った感情に、晃一は戸惑っていた。

なんとかカクテルを作り、グラスを受け取った二人がカウンターから離れていくと、無意識に張っていた緊張の糸が一気に緩んだ。束の間忘れていた発情の熱も戻ってきて、その場にへたり込んでしまいそうになる。シンクに手をついて必死に我慢しながら感じていたのは、晃一が長年抱え続けてきた疑問だった。

どうして、自分のフェロモンは誰にも効かないのだろう——今まで何度考え、絶望したかわからない。

晃一の夢は、幸せな家庭を作ることだ。それが小さな頃からの願いだった。だから今までフェロモンが効かなくても心が通じ合える相手を探してきたのに、気付けば晃一は三十八歳になっていた。

番が見つからないのは自分の体質のせいだと思ってきたけれど、番の枠組みに囚われずに一緒になった二人を目の当たりにして、そうではないと気付かされた気がした。フェロモンが効かなくても、晃一自身に魅力があれば伴侶になってくれる人はいたはず。たとえそれがアルファでなくても。

思い出すのは、つい一月前に晃一をフッたアルファの言葉だ。バース性専門のマッチングアプリで知り合ったアルファの男とは体の相性が良く、知り合ってまもなく付き合うことになった。発情期が訪れる前に自身の体質を打ち明けた時にはフェロモンが効かなくても平気だと言ってくれたのに、晃一が発情期を迎えて本当に体が反応しないことを目の当たりにしたことで、だんだんと心が離れてしまったようだった。

「晃一君にはきっと、僕じゃない運命の人がいるんだよ」

そう言われたのは初めてではなく、アルファと付き合うたびに同じような理由でフラれ続けてきた。それでも心から愛し合える相手を探してベータとだって付き合ってみたけれど、結局誰とも上手くいかなかった。

胸の真ん中に重たい鉛がずんと落ちたようだった。ずっと考えないようにしていたのに、自分が家族を作ることは無理なのかもしれないという思いが頭を掠《かす》める。

ただでさえ発情期で体がしんどいのに、心が乱れてネガティブなことばかりが頭を巡ってしまう。突然現実を突きつけられたような心地《ここち》がして、なんだか泣き出してしまいたい気分だった。まだ仕事中だというのに、顔を上げることができない。

その時、いつの間に来ていたのかヘルプのバーテンダーに声をかけられて、晃一はびくりと体を震わせた。その拍子に置きっぱなしだったチョコレートリキュールの瓶を倒してしまい、中身が飛び散る。床には落とさなかったものの、ベストとエプロンを汚してしまった。

ヘルプのバーテンダーは晃一にダスターを渡し、目配せをすると素早くカウンター前に来た客に声をかけた。後は任せろということだろう。頼もしいヘルプが来たことに安堵を覚えながら、晃一はありがたくその場を後にした。

本当なら昭仁に一声かけていきたかったけれど、もうあまり余裕がなくてそのまま帰ることにした。今日はやはり、勘違いでなく発情の度合いが強い。アルファを誘うこともできないのに、発情期だけは律儀《りちぎ》に訪れる自分の体が恨めしかった。

服の生地《きじ》が肌に擦れて、歩くだけでゾクゾクとした刺激になる。こんなことは初めてで、苦痛にさえ感じた。理性を手放して、今すぐにでも自慰に耽《ふけ》ることができたらどんなにいいだろう。吐息に混じる熱はもう隠せず、通路に誰もいなくてよかったと心底思った。

「はあ……、クソ、最悪だ……」

体がしんどいことに加え精神的にも打ちのめされて、投げやりな気持ちになってくる。無性に寂しくて、誰でもいいから抱いて欲しい。フェロモンが効かなくても、アルファでなくても、性処理としてでもいいから誰かに抱きしめて欲しかった。

悶々《もんもん》としながらゆっくりと歩みを進め、曲がり角に差し掛かろうとしたその時。急に絶頂しそうなほどに性感が高まり、腰が抜けそうになった。男性オメガの性器である肛門から愛液が溢れ出し、お腹の奥がきゅんと切なくなる。立っていられずによろけてしまい、曲がり角から現れた人にぶつかってしまった。体に力の入らない晃一は成す術《すべ》もなく体を預けてしまう。

「わ……、わり……」

咄嗟《とっさ》に謝罪の言葉を口にするものの、敬語が飛んだ上に吐息混じりで相手に届いたかは怪しい。体が熱くて苦しくて、相手が従業員なのか客なのかさえ気にする余裕がなかった。とにかく離れなくては、と一歩後ろに下がろうとした時、それを阻むように二の腕を掴まれた。

「え……？」

意味がわからず顔を上げると、晃一を凝視する若い男と目が合った。驚いたような瞳でこちらを見る男から晃一も目が離せなくなり、動けなくなる。

少し乱れた宵闇色の髪と、同じ色の切れ長の瞳。整った顔立ちの男は体が大きく、晃一は自然と見上げる格好になった。

「……、どうして……」

「……え？」

「……いえ、すみません。怪我《けが》はないですか」

男の低い声が、耳から腰に掛けてゾクゾク響いた。晃一は返事もままならず小さく首を横に振るが、男はそのまま手を離さなかった。

それからどれくらい見つめ合っていたかわからない。数分間だった気もするし、一瞬だった気もする。その間込み上げたのは、抱いて欲しいという激しい欲望だった。

男がアルファだということは本能でわかった。この男の子種が欲しい、思い切り体を暴いて種付けして欲しい——全身がそう訴えてくる。

だけど、自分のフェロモンは誰にも効かない。どんなに発情したって、アルファを欲情させることはできないのだ。

熱い情動の渦の中にいても、その悲しみと諦観《ていかん》が晃一の理性を繋ぎ止める。心と体のちぐはぐさに泣きたくなり、自然と切ない吐息が漏れた。ごくり、と男の喉が上下するのが見えた次の瞬間、強い力で引き寄せられて何が起きたのかすぐにはわからなかった。晃一は、男に抱きしめられていた。

「……っ、なん……、あ……？」

混乱の中、男の熱い体温を感じてくらくらと目眩《めまい》を起こしそうだった。第一ボタンが開けられたワイシャツの首元から感じる、汗混じりの微かな甘い匂い。それを感じてまたお腹の奥がきゅんと切なく収縮し、もう男にしがみつかなければ立っていられない。

次の瞬間、視界のぶれと同時に体が浮いた。横抱きにされたのだと理解したのはその数秒後で、男は晃一を抱いたまま歩き出していた。迷いなく進み、扉の閉まりかけたエレベーターに滑り込むと、男は乱暴な仕草でボタンを押し、晃一を抱いたまま壁にもたれかかった。そしてぎゅっと晃一を抱く腕に力を込め、深く息を吐く。

男の一連の行動に呆気に取られ、抵抗することはできなかった。心臓がドキドキと壊れそうなくらいに高鳴って、恐怖よりも期待が頭を占領する。喉が震えて言葉を上手く発せられない。

男は額に汗を滲ませて、切羽詰《せっぱつ》まった表情をしていた。再び交わった視線はギラギラと鋭く、思わずぞくりと背中が粟だった。まるで獲物を前にした捕食者の瞳だ。

「は、離してくれ……、なあ、もしかして……」

俺に欲情しているのか——そう聞きたかったのに、唇で封じられてしまった。けれど強く押しあてられた乱暴なキスに、全身が歓喜する。侵入してきた舌を拒むなんてできず、晃一は自《みずか》ら口を開いて受け入れた。

「ん……っ、ふう……っ、んん……ッ」

口内中をくまなく舐め回され、蹂躙《じゅうりん》される激しいキス。苦しいくらいなのに少しも嫌ではなく、むしろもっと欲しいと思ってしまう。舌が絡み合うたびに下半身が痺《しび》れて、お尻の奥からはしたない蜜が溢れるのがわかった。

エレベーターの到着を知らせるベルの音が響くと、ちゅ、と小さく音を立てながら唇が離れていった。名残惜しさに切ない吐息が漏れ、目の前の男に媚びるような視線を送ってしまう。

「頼むから、拒まないで――」

男はぐっと苦し気な顔をしたあと、忙しない動きでエレベーターを降りた。そこは客室の廊下で、男がホテルの宿泊客なのだと理解する。そして男は晃一を抱いたまま片手で器用にカードキーをかざして扉を開け、なだれ込むようにして部屋の奥へ向かった。そのまま晃一をベッドに押し倒し、上に覆い被さってくる。扉が閉まる音が響き、暗い部屋の中はお互いの荒い呼吸音しか聞こえなくなった。

野獣のように犯すのかと思いきや、男は晃一の上で何度か深呼吸を繰り返した。そして熱い手の平で晃一の頬を包み、低く掠れた声でこう言った。

「……アンタを抱く。抱きたい」

それは、有無を言わせない宣言だった。はっきりと言葉にされて湧き上がったのは、喜び以外の何物でもない。

――ああ、これからこの男に抱いてもらえる。

そう思うと体の奥からこれまで以上の情欲が溢れてきて、気が急いてたまらなかった。さっき初めて会ったばかりだとか、客と従業員という立場だとか、何もかもがどうでもいい。早くこの狂おしい熱を分け合って、ひとつになりたかった。

だって、この男は自分のフェロモンによって欲情したのだ。そうじゃなきゃ、この状況はあり得ない。晃一の発情期に反応した、初めてのアルファ。

暗くて男の表情は見え辛かったけれど、それでも晃一は愛おしさを感じた。

「……はや、く、めちゃくちゃに、してくれ……っ」

何度も頷いてそう懇願《こんがん》すると、また唇を塞がれて男の手が体をまさぐり始めた。触れられただけなのにそこからどんどん快感が溢れて、勝手に声が出る。体中が敏感になっていて、きっとどこを触られても気持ち良い。

たぶん、晃一のほうもアルファのフェロモンに当てられているのだ。お互いが反応し合い、熱を高め合うアルファとオメガのセックス。知識としては知っていたけれど、想像を遥かに超えた溺れそうな感覚はまったくの未知で、少し怖くさえあった。

激しいキスをしながら夢中で男にしがみつくと、呼応するようにきつく抱き返される。同時に男の張り詰めた熱の塊を太股のあたりに感じて、ゾクゾクとした悦びが背中を駆け抜けた。早く、この猛りを突き入れられたい、頭がそれだけでいっぱいになる。

性急にエプロンを外され、ベルトを緩められたかと思ったらスラックスと下着を一緒に引き下ろされる。腰を浮かせて足を抜き、晃一は自ら下半身を男に晒《さら》して見せた。上を向いて先端から雫を垂らしている陰茎と、濡れそぼりぐずぐずに蕩けた後孔。もうずっと準備は万端だということを男に知って欲しくて、晃一は理性と羞恥《しゅうち》をかなぐり捨てて、足を開いて蜜の溢れるそこを指で広げた。

「……っ、ほしい……、ここ、はやく……っ」

恥ずかしく淫らなことをしている自覚はあっても、今はとにかく抱かれたくて仕方なかった。バーテンダーの制服であるウィングカラーのシャツに蝶ネクタイ、そしてベストを着込んだまま下半身だけを露出させている様は、どれだけ滑稽《こっけい》なことだろう。でももう、そんなことすら気にならない。

男は一瞬だけ目を瞠《みは》ったが、すぐさまベルトを緩めて猛りを解放させた。ぶるんと飛び出してきた肉棒は長大で、血管を浮かせて反り上がる様はいっそ凶悪だった。

「……っ、う、わ……っ」

予想以上のものに、思わず声が漏れる。あれを挿入されて奥までいっぱいにされてしまったら、どうなってしまうのだろう。伸し掛かってくる男を見上げながら、期待で息が上がる。目が合い、獣のような瞳で晃一を見つめたまま男はぐっと熱を後孔に押し当て、中へ入ってきた。

「……あっ、あ……っ！　……んぁ、あぁ……っ」

充分に潤っていた孔は男を難なく受け入れ、奥まで呑み込んだ。粘膜が擦れあう感覚が電流のような快感を引き起こし、勝手に中がうねる。オメガの性器の最奥部分に先端が触れ、ぐっと押された瞬間に目の前にチカチカと火花が散った。

「んあっ、あっ、ひ……っ！」

今までのセックスで最奥まで性器が届いたことはなく、初めての場所を抉《えぐ》られる感覚は新たな快感を呼んだ。それだけでなく、男の剛直は晃一の中を隙間なく埋めて、まるであつらえたかのようにぴったりと収まった。

「あ、あ……っ！　ま、待て……っ、んあ、アッ！」

「待てる、わけが……っ、……っ、く……っ」

晃一の戸惑いをよそに感嘆の息を吐いた男が動き始め、熱い滾りが中を容赦《ようしゃ》なく刺激していく。ゾクゾクと強すぎる快感が全身を襲い、腰が戦慄いた。

「あっあっ、や……っ、あう、はぁ……っ、あぁっ」

これでもかと揺さぶられる激しいピストンが始まり、喘ぎ声しか発せなくなる。苦しいのに気持ち良くて、もっと欲しくてたまらない。男の動きに合わせるように腰が揺れ、奥を刺激されるたびに陰茎の先から雫が飛んだ。

腕を伸ばすと、男が心得ているかのように抱きしめてくれる。くっついた箇所から熱い体温と男の匂いが伝わってきて、何故だか胸がいっぱいになった。初対面のはずなのに懐かしくて、なんだか泣きたいような満ち足りた気持ちになるのはどうしてなのだろう。

　突き上げる速度が速くなり、男の熱く乱れた呼吸が聞こえる。低く色っぽいその息遣いにすら煽られて高みがあっという間に見えてくる。お腹から腰の辺り全体が切なくなり、咥えこんだ中が細かく痙攣《けいれん》して男の子種を絞り取ろうとする動きに変わる。

　このまま思い切り中に出して欲しい。種付けされたいという欲望が溢れ出し、妊娠してしまってもいいと本気で思った。

「はっ、ああ、なか、……っ、だして、くれ……ッ、あ、なかに……っ！」

「はあっ、は……っ、言われなくても……っ！　ハァッ」

　獣のような唸《うな》り声と共に強く抱かれて、腹の奥に熱い迸りを感じたのと同時に達した。ドクドクと脈打ちながら何度も精液を吐き出される感触に粘膜が悦び、最後の一滴まで逃すまいと男の竿に絡みつく。お互いに腰を押し付け合いながら絶頂して、繋がった箇所から溶けてひとつになってしまいそうな錯覚を起こした。

　あまりにも強烈に極まって、頭が真っ白になって何も考えられない。今はただ、この広大な快楽の中に身を浸していたかった。

　荒い呼吸のまましばらく抱き合い、先に動いたのは男のほうだった。上半身にかかっていた重みが消え、ふわりと甘い香りが鼻を掠めた。そういえば直前にベストを汚していた

のだとぼんやりと思い出す。

パチリ、という小さな音と共にベッドサイドの照明が灯り、ぼやけた視界に男の姿が浮かび上がる。

汗に濡れた肌に、乱れた黒髪。頬を上気させ、気怠げに晃一を見下ろす男に、発情期の体はいとも簡単にまた欲情を覚えた。一度だけじゃ足りない。もっとめちゃくちゃに抱いて欲しい。切ない溜め息が漏れ、繋がったままの男の屹立《きつりつ》をきゅんと締め付けてしまう。中の剛直はまだ硬く、きっと男も同じ気持ちのはずだ。

男はわずかに息を詰め、堪えるような溜め息を吐いてから晃一のネクタイに手を掛けた。そしてベストとシャツのボタンをひとつひとつ外していき、晃一の上半身を露わにする。次いで自分の着ていたシャツも脱ぎ捨てると一旦性器を抜き、晃一の体を反転させて抱き込むように覆い被さった。そしてまたぴとりと熱い滾りを晃一の後ろに押し付ける。

「ぁ……っ、あ、」

「――まだ、全然足りない」

「……はや、く、……っ、いいから……っ」

「番に……、俺の、番に……っ」

吐息と共に吐き出された言葉を理解する前に挿入され、思わず腰全体がびくんと震えた。

絶頂したばかりでまだ敏感な体は、少し動かれただけでも充分過ぎるほどに快感を拾った。

ひくひくと体が震え、辛いほどなのに激しい欲求が止まらない。もうなんでもいいから早く突き上げて欲しくて、晃一は何度も頷いて男に懇願した。その瞬間に強く抱きしめられ、激しい突き上げが始まった。

揺さぶられる中、うなじに触れられてそこからまた切ない快感が全身を走り抜ける。うなじがこんなにも感じるなんて、今まで知らなかった。そこを思い切り噛まれたい。いっそ血が滲むくらいに噛んで欲しいと思うのも、生まれて初めての経験だった。晃一が訴えるよりも先にうなじに歯を立てられて、痛みと共に体の奥底から快感と歓喜が湧き上がった。

身も心も弾けてしまいそうな、不思議な感覚。だけどどこか物足りないようなもどかしさも襲って、気持ち良いのに苦しい。

もっと欲しくて満たされたくて、腰を揺らすのを我慢できなかった。シーツにしがみつきながらひたすらに快感だけを追い、そこで思考は途切れてしまった。

＊＊＊

浅い眠りから覚めてまぶたを開けた時、窓の外に見える空が白んできていた。

もう朝か――ぼんやりとそう考えながら晃一はまだ続いている発情期の熱を自覚する。

だけど、今日はなんだかいつもよりも体が楽だ。苦しいくらいの欲求がなく、心地良い疲労感が全身を包んでいる。もう一度目を閉じてしまいそうになった数秒後、晃一の意識はハッと覚醒した。

自分の部屋ではない、けれど見覚えのある場所。ここは職場であるホテルの一室で、たぶんスーペリアルームだ。そして背中に感じるあたたかさ。覚えている。これはきっと、つい数時間前までセックスしていたアルファの体温だ。

「…………、ま、マジか……」

自分の身に起こったことを思い返し、まだ夢を見ている最中なのかと疑いたくなった。

昨日、晃一は生まれて初めて自分のフェロモンが効くアルファに出会った。そしてその勢いのままセックスしてしまったのだ。

昨夜のことを思い出すと発情期の体が甘く疼き、寝起きにもかかわらず淫らな気持ちが湧いてくる。ふわふわとした頭をフル回転して、とりあえずベッドから抜け出し、抑制剤を飲まなければと考えた。発情には波があり、今はたまたま落ち着いているだけなのだ。正気を保っていられるうちに動かなければ、また欲望の波に飲まれてしまう。けれど背後から腕をまわされすっぽりと抱かれている体勢があまりにも心地良く、動き出すまでに相当な気力を要した。できればこのまま抱かれていたい。あわよくば男が目覚めたらもう一度――渦巻く欲望をかろうじて振り切ることができたのは、ここが職場であり男が客だと認識できていたおかげかもしれない。

腰に巻き付いた腕をそっと外して起き上がろうとした時、下半身にこれまでに感じたことのない違和感を覚えて動きが止まった。さっきまで男と繋がっていた場所から、とろりとしたものが流れてくる。そのあたたかい感触すら発情期の体には刺激になり、甘い吐息が漏れ出てしまう。自分で中に出して欲しいと強請り、何度も中に吐き出された精液。昨夜の絶頂時の情景が一気に蘇《よみがえ》り、頬が熱くなる。腹の奥がきゅんとするのを誤魔化《ごまか》すように、晃一は急いでベッドを降りた。

ベッドサイドテーブルのティッシュで股間を拭い、次に散乱した衣服の中からスラックスを探し出した。ポケットから抑制剤が入ったピルケースを取り出し二錠を口に放り込む。ごくりと飲み下すと気分が少し落ち着いて、その場にへなへなと座り込んだ。昨日限界までセックスをしたせいで、体に力が入らずあちこちが痛い。特に立ち仕事でもともと痛めている腰が悲鳴を上げている。生でセックスしたことも中出しされたことも、初めての経験だった。昨夜の余韻《よいん》も記憶もまだ鮮明で、ドキドキと高鳴る鼓動は疲労や発情期のせいだけではきっとない。

「……夢、じゃなかったんだよ、な」

ぽつりと呟いてそっと振り返ると、ベッドの上で眠る男の姿が目に入る。朝の白い光の中見た男は、やはり整った顔をしていた。大きな体躯は鍛《きた》えているのか引き締まっており、バランスよく筋肉がついている。男は恐らく二十代だ。ワイシャツとスラックスを着ていたのでたぶんビジネスマンで、スーペリアルームに宿泊するくらいには稼ぎが良いということだ。どこからどう見ても、さぞかしモテるアルファに違いなかった。

男にしばし見惚れ、運命の番、という言葉が頭に浮かぶ。それは、すべてのアルファとオメガに存在するという特別な番のことだ。生まれる前から決まっており、出会えれば強い絆で結ばれる相手。

番探しを始めた当初、運命の番の話は晃一にとって小さな希望だった。もしも普通のオメガだったら信じていなかったであろう、真偽不明の噂話。だけど家族を作るという夢がある晃一には一縷《いちる》の望みだった。運命の相手がいるのなら早く出会いたい、ずっとそう思いながら番を探し続けてきた。

けれど、年齢を重ねるにつれ希望は薄れていき、運命という曖昧《あいまい》なものに縋っていること自体を馬鹿らしく思うようになった。運命の相手でなくても上手くいっているカップルは星の数ほど存在しているのに、運命の番と結ばれた当事者に出会ったことは数えるほどだったからだ。それに、仮に出会えたとしても、この特異な体質では相手のフェロモンを引き出すことができないので、運命だと気付けない可能性がある。そう思ったらおとぎ話を信じることはできなくなり、最近では考えることもなくなっていた。

だけど今、晃一は運命を感じずにはいられなかった。誰にも効かないと思っていたフェロモンが効く相手。これが運命でなかったらなんだというのだろう。この男に出会うためだったんじゃないかと思うほど、浮かれて期待してしまっている。

気が付くと男から目が離せなくなり、体がどんどん熱くなっていった。本能がまた男とセックスしたいと叫んでいて、腰の痛みと疲労感はどこかへ消えた。ベッドへ戻り男を再び誘惑することを、晃一は躊躇《ためら》わなかった。

けれど逸《はや》る気持ちに足腰がついていかず、ふらついてサイドテーブルに手をついてしまう。その拍子に上に置かれていた物がカーペットの床に鈍い音を立てて散乱した。

落ちたのはスマートフォンと分厚いビジネス手帳に、ブルーブラックのボールペン。それから、黒革の名刺入れだった。

名刺が中から数枚飛び出しており、その一枚を拾い上げる。淡いクリーム色の紙には、『五十嵐朔夜《いがらしさくや》』と印刷されていた。その名前は寝ている男のもので間違いないだろう。発情期の頭では思考が上手くまわらず、何度も男の名前を目でなぞった。

――五十嵐朔夜。

晃一はこの名前を知っていた。

遠い昔の記憶が甦り、一気に現実に引き戻されていく。

顔を上げ、晃一は眠っている男の顔を凝視した。そうして精悍《せいかん》さの際立つ顔立ちの中に残る面影《おもかげ》に気が付き、確信する。

朔夜は、晃一の恩人の一人息子だった。二十年前、恩人の家に二ヶ月の間世話になったことがある。

あの時朔夜はまだ小さな子供で、今の姿と結びつかずまったく気付くことができなかった。けれど、目の前にいる男は見れば見るほど晃一の知る幼い朔夜とリンクした。夜を思わせる黒髪に、父親似の涼し気な目元。そしてその左下にある小さなほくろ。苗字も名前も一般的とは言い難く、同姓同名の別人という可能性はあまりにも低かった。

すっと全身の血の気が引いていく。過去、朔夜の父親に晃一は随分と世話になった。もうずっと会っていないけれど、感謝してもし足りないくらいに大切な人だ。そんな人の大事な息子と寝てしまった事実に目眩がする。体を蝕《むしば》む熱よりも精神的なショックが大きくて、甘い気持ちは一瞬のうちに立ち消えた。

「……うそ、だろ……」

こんな偶然があるのだろうか。状況を受け入れられず、金縛りにでもあったかのように立ち尽くしてしまう。すると朔夜が小さく身じろぎし、晃一はびくりと身を硬くした。けれど朔夜はまたすぐに寝息を立てはじめ、安堵からどっと汗をかく。

混乱の中、とりあえずこのままここに居るのはまずいということだけはわかって、力の入らない足腰に鞭打って落とした朔夜の私物を戻し、散らばった服をかき集めた。薬を飲んだとはいえ、いつまた発情の波が襲ってくるかもわからない今、朔夜の近くにいるわけにはいかない。それほど発情期の自分の理性はないも同然という自覚があるのだ。ベッドから見えないドアの前まで移動して、急いでボクサーパンツに足を通す。

「……うっ」

晃一の動きを止めたのは、またもや溢れ出してきた朔夜の精液だった。パンツが濡れる不快な感覚。性器であり性感帯でもあるそこに刺激を感じるのは、今の発情状態では辛いものがあった。だけど、ティッシュを取りに行くわけにもいかず、バスルームに寄る余裕もない。今はとにかく、朔夜から離れることが先決だった。

パンツが汚れることはもう諦めてシャツに袖を通した時、うなじに貼り付けていた簡易保護シールが剥がれかけていることに気が付いた。

オメガとアルファが番になるには、性交時にアルファがオメガのうなじに噛み付く必要がある。番を持たないオメガは発情期の際、何かあった時に備えて専用のプロテクターやシールでうなじを保護するのが一般的だった。晃一はフェロモンが誰にも効かないことから必要なかったのだけれど、発情期中に出勤する際には一応安価な保護シールを貼り付けるようにしていたのだ。

剥がしたシールを見てみると男に何度も噛み付かれた跡があった。噛まれた瞬間のことを、はっきりと覚えている。

噛んで欲しくてたまらなくて、歯を立てられた時は狂うかと思うくらい気持ちが良かった。だけど、どこか満たされなくてそれが余計に苦しくて、夢中でもっとと懇願した。

あの物足りなさは、もしかするとこのシールのせいなのかもしれない。直接噛まれず刺激だけを与えられたからこその欠乏感。

うなじを手で何度も触り、何事もないことを確認する。気休め程度に貼っていたシールだったけれど、きちんと保護してくれたのだろう。恐らく、番にはなっていないはずだ。晃一が今まで見聞きしてきた知識では、番になった時は本能で理解できるとのことだった。

あまりにも抽象的で不安だったが、今はそれを信じるしかなかった。番になった誰もが口を揃えて同じことを言うので、きっとそうなのだろう。自身の体に異常や変化がないのは、朔夜とは番になっていないということだと。

昨夜の勢いのまま番になっていたら、と考えて改めて事の重大さが伸し掛かってくるようだった。

ドクドクと拍動する心臓が発情からくる身体的なものなのか、大変なことをしてしまった後悔からの精神的なものなのか、もうわからない。とにかく混乱していてシールを握り込む指先が震えた。

再びシャツのボタンを留めようとした時、窓からの朝の光が翳《かげ》り、ぎくりと体が強張った。そっと顔を上げるとこちらを見つめる下着姿の朔夜と目が合い、晃一は動けなくなる。

「――いた」

朔夜は寝起きの掠れた声で低くそう言うと、ゆっくりと晃一を壁際に追い詰め抱きしめた。晃一は成す術もなく、されるがまま男の腕の中に閉じ込められた。

「……起きたらいないから、焦った」

耳元で囁かれて、ゾクゾクと背中に電流が走った。朔夜がまだフェロモンに当てられた状態なのだとわかっていても、甘い言葉に胸がきゅんと高鳴る。同時に体も反応してしまい、理性を手放すまいと必死に気を張らなければいけなかった。ふわりと鼻を掠める男の匂いが、強烈に晃一を誘って苦しい。それでもこのまま流されるわけにはいかず、必死に腕から逃れようとする。

「ま、待て。離してくれ……。俺は今ヒートで、だから、離れねえと……」

言葉がうまく出てこず、強く抵抗できない。駄目だと思うのに体が朔夜を受け入れたがって、勝手に熱を上げていく。

「どうして離れる必要が……?」

耳にキスされて、大袈裟《おおげさ》なほどに肩が震えた。有無を言わせない強引さに、どうすればいいかわからない。男の手が体を這い始め、息を詰める。

「ま、待てって……!　ダメだ、後悔するぞ……!」

必死にそう言っても、男は聞く耳を持たなかった。シャツの前を開かれて、また肌が露わになる。

「後悔なんて、するわけない。……なあ、なんで嫌がる?　こんな反応してるくせに」

「だ、だから、それは……っ」

「……俺は、貴方がいい。ダメ、なのか」

「え……」

間近で目が合い、朔夜の熱っぽい瞳に何も言えなくなる。切実さの滲むその感情はきっとフェロモンの作用なのだとわかっていても、晃一の胸を締め付けるには充分だった。言葉を発する間もなく唇を塞がれて、意識がとろんと蕩けていく。受け入れたらいけないのに、今すぐにキスを振り解いて逃げるべきなのに、もう少しだけ、と本能が囁く。

「俺は、朔夜。五十嵐朔夜だ。貴方は……、コウイチ、さん？」

唇をくっつけたまま、朔夜が瞳をじっと覗き込んでくる。また発情の波に呑まれかけた状態で、しかもアルファからの問いに晃一は思わず頷きそうになった。けれどすんでのところで思い留まり、視線を逸らし必死に思考する。何故、朔夜は晃一の名前を知っているのか――それはベストについている名札を見たのだとすぐに思い至り、名前を知られてしまったことを悔やんだ。だけど、今ならまだ間に合う。

朔夜は晃一のことを覚えておらず、昨日初めて会ったオメガだと思っている。それなら、昨晩だけの行きずりの関係にして二度と会わなければ無かったことにできるはずだ。今はフェロモンに当てられて晃一を求めているけれど、正気に戻ればきっとこんな年上の男オメガを選ぶわけがないのだから。ありふれたアルファとオメガの一夜の過《あやま》ちにするのが、たぶん最良の選択だ。

熱い体と正直な気持ちが嫌だと叫んでいたけれど、震える手に力を込めて晃一は思い切り朔夜の胸を押し返した。発情した状態では自分で思うよりも力が入らず朔夜はびくともしなかったが、拒絶の意思は伝わったみたいだった。戸惑った表情を見せた朔夜を強く見返す晃一はただただ必死だった。

「昨日のことは、忘れてくれ」

「……え?」

「もう会うことはないって言ってる。……わかるだろ」

できるだけ冷たく言ったつもりだけれど、腹に力が入らず吐息混じりの声しか出せなかった。それでも朔夜がわずかに怯《ひる》んだのがわかり、そのまま腕の中から抜け出す。床に置いていた服を身につけ、ドアノブに手を掛けた時に朔夜が何か言いかけたが、振り切るようにして部屋を出た。

覚束ない足取りで廊下を歩き、従業員用の階段まで辿り着くと、安堵とも落胆ともつかない深い溜め息が漏れた。朔夜が引き止めてきたり追って来たりしなくて良かった。もう一度求められてしまったら、拒める気がしなかった。今だって、本当は戻って本能の赴《おもむ》くままに抱いてもらえたら、という気持ちが胸の奥で渦巻いている。

逃げるようにホテルを出てタクシーに乗り込み、家に帰り付いてからのことはよく覚えていない。抑制剤が効いてきて身体的には楽になっていたのに、感情がぐちゃぐちゃでとにかく最低な気分だったように思う。

それからの発情期が終わるまでの約一週間、最後に一瞬だけ見た朔夜の傷付いたような顔が頭から離れなかった。さらに幼い頃の朔夜も思い出して、いたたまれなくなることを繰り返した。

それなのに体は朔夜とのセックスを色濃く覚えていて、晃一は自己嫌悪に苛《さいな》まれながら何度も妄想の中の朔夜に抱かれ、自らを慰めたのだった。

2

物心ついた時から、晃一にとって家族は姉一人だけだった。

両親の顔は知らず、施設で姉と共に幼少時代を過ごした。十二歳年上の明香里《あかり》は晃一を可愛がってくれたので、寂しいと感じたことはない。姉であり母であり、親友だった明香里を、晃一は何よりも大切に思っていた。

施設を出たのは、晃一が八歳の時。高校卒業と同時に施設を出て就職した明香里が、二十歳になってすぐに引き取る形で一緒に暮らし始めた。明香里は一日でも早く姉弟二人で暮らせるようにと、在学中から資格をいくつも取り、町の小さな商社に就職を決めた。明香里も晃一と同じオメガであり、就職も自立も難しいと周囲に思われていた中での快挙だった。

会社近くの小さなアパートで姉弟で新たに始めた生活は、晃一にとって人生の中で一番幸せな時間だった。決して裕福とは言えない暮らしだったけれど、二人で協力し合い、笑って過ごしたかけがえのない日々。懸命に働いてくれる明香里を支えることが、自分の使命なのだと信じて疑わなかった。

そんな中、晃一は初めての恋を知った。相手は明香里の勤め先の社長である、五十嵐総《そう》介《すけ》だった。

総介は姉弟の境遇を知り普段から気にかけてくれており、頻繁《ひんぱん》に顔を出しては世話を焼いてくれていた人だった。晃一と明香里が一緒に施設を出ることができたのも、総介の協力があってのことだった。

明るく大柄で笑い声が大きくて、どこまでも優しい太陽のような人。アルファのシングルファーザーで、いつも息子の朔夜のことを愛おし気に話していた。最初は父親がいたらこんな感じなのだろうかと思っていたけれど、胸に芽生えた気持ちが淡い恋心であると理解するのに、時間はかからなかった。

初恋を自覚したのと同時に、晃一はこの想いを封印することを決めた。

明香里と総介が想い合っていることに、感付いていたからだ。社長と従業員という立場のせいかあるいは一回りの歳の差があることを気にしてか、お互いに気持ちを隠しているつもりだったようだけれど、好意を寄せ合っているのは周知の事実だった。

晃一は何よりも明香里の幸せを願っていたので、二人が付き合うことになったら祝福すると決めていた。総介が相手なら安心して明香里を任せられるし、きっとお似合いの番になれる。二人の姿を、晃一は少し切なくあたたかい気持ちで見守っていたのだった。

けれど幸せな時間は長くは続かず、晃一が十八歳になった年に明香里は亡くなった。

職場で倒れ、白血病と診断されてからわずか三ヶ月後の突然の別れだった。

晃一は現実を受け入れられず、泣くこともできなかった。まさか明香里がこんな形でいなくなってしまうなんて、どうしても信じたくなかった。

呆然自失状態の晃一を気遣ってくれたのは総介で、未成年の晃一に代わり、葬儀や手続き等の一切を行ってくれた。当時のことはあまり覚えておらず、毎日酷く寒かったという記憶だけが残っている。

これからどうやって生きていけばいいのか、晃一にはわからなくなっていた。明香里という唯一の光を失って、この先の人生に意味を見いだせる気がしなかった。明香里を少しでも安心させてあげたくて、早く一人前になり、恩返しをすることがただひとつの目標だったから。

総介が晃一に一緒に暮らそうと言ったのは、葬儀から二週間後のことだった。総介には晃一が明香里の後追いをしてしまいそうに見えたのだろう。実際に晃一は何度も死ぬことを考えて、けれどそんな勇気もなく踏みとどまっていた。

何度も断ったけれど半ば強引に五十嵐家に引っ越すことになり、そこで二ヶ月ほど暮らした。総介と朔夜と過ごした時間は現実味がなく、今でも夢の中での出来事だったように感じる。明香里がこの世界のどこにもいないという事実に押し潰されそうになりながら、かろうじて息をしていただけだった。

朔夜との思い出は数える程度。物静かな子供で、晃一を見上げる夜空みたいな瞳が印象的だった。

まさかこんな形で再会することになるなんて、誰が予想できただろう。どうして晃一のフェロモンの効く唯一のアルファが、よりによって朔夜なのだろう。

なかなかに波乱万丈《はらんばんじょう》だと自負していた人生、まだこんなアクシデントが起きるなんて神様は相当晃一のことが嫌いみたいだ。晃一の願いはずっと、ごく普通の幸せを手に入れることだけなのに。

あの夜、忘れて欲しいと言ったのは本心からだった。再会したことも、セックスしたことも、朔夜に惹かれてしまった自分も何もかも全部、なかったことにしたかった。

＊＊＊

発情期を終え、一週間ぶりの出勤。晃一は憂鬱《ゆううつ》な気持ちを抱えながらホテルの従業員通用口を抜けた。

まだ全快でない腰を摩《さす》りながら向かうのはロッカールームではなく、支配人室。昨日、ヒート休暇のことで昭仁と連絡を取った際に、出勤したら支配人室に来るように言われたのだ。昭仁に呼び出されることは珍しく、電話を切ったあとは嫌な予感しかしなかった。

頭に浮かんだのはひとつ。あのパーティーの夜の出来事だ。もしかして、朔夜とのことが問題になっていたりするのだろうか。

世間的にアルファとオメガのフェロモンによるトラブルは多く、警察沙汰や裁判になることも珍しくない。ヤリ逃げしたも同然の晃一をフェロモンの効果がなくなった朔夜が不快に思いホテル側に苦情を入れたとしてもなんの不思議もなかった。朔夜は名札をしっかり見ていたようだし、バーテンダーの制服を着ていたことでホテルの従業員ということは最初からバレている。

「終わった……」

訴えられでもしたら、晃一に勝ち目はない。この類《たぐい》の事件や事故は、オメガ側が悪者にされがちだからだ。

それに、あの日のことは自分に非がある。当時、晃一は効きが悪かったとはいえ抑制剤を飲んでいた。記憶が残っているということは、理性を保っていた証拠だ。だから、晃一が初めから拒むなり逃げるなりしていれば、セックスせずに済んだはずなのだ。

朔夜からしてみれば、宿泊したホテルの従業員のオメガに誘惑され、散々セックスしたあとに謝罪もなしに逃げられた、いわば不運な事故のようなもの。しかも、相手はだいぶ年上のおっさんオメガだ。

フェロモンが効いたことで運命かもしれないと浮かれてしまった自分が恥ずかしくてたまらない。慌てて逃げ出してしまったが、思い返せば思い返すほどあの時の自分がいかに冷静でなかったかを痛感するのだった。

「……き、消えてえ……」

いたたまれなさから苦悶《くもん》の表情が浮かび、廊下ですれ違ったフロント係に「晃一さん、顔やべーっすよ」と突っ込まれてしまう。うるせえよ、と軽口で返したものの、気分は未だかつてないほど落ち込んでいた。

呼び出された理由がまだ朔夜の件だと決まってもいないのにここまで思い詰めてしまうのは、晃一にとって昨晩の出来事がそれほど大事だったからだ。それもそうだろう、オメガとして不完全だと思っていたところへ現れたフェロモンが効く相手。美形でガタイも良くて声だって低くてセクシーで、まるで晃一の理想を形にしたような相手だった。でもそれにはきちんと理由があって、朔夜は晃一の初恋相手である父親の総介に似ているからだった。そっくりとまではいかなくても、顔のパーツや小さな仕草、全体的な雰囲気が似ている。自分が初恋を引きずっているとは思わなかったけれど、今でも目元が涼しくて背の高い男が好みなことから、無意識下に総介の存在があったことは否定できない。そんな人の息子と寝る確率は、一体どれほどのものなのか。

朔夜があの日のことを事故として忘れてくれたらそれが一番だけれど、そうでない場合どうすればいいのだろう。訴えられることだけは嫌だな、と乾いた笑いが漏れた。

唯一の幸いは、朔夜が晃一のことを覚えていなさそうなことだった。二十年前に出会った時、朔夜はまだほんの小さな子供だったのだから無理もない。晃一のことは、完全に行きずりのオメガだと認識してくれるほうが良い。

「……はあ」

支配人室の前に着いてしまい、盛大な溜め息を零してからノックすると、中から「どうぞー」と昭仁の間延びした声が聞こえた。中へ入ると昭仁は来客用のソファでスマホをいじっており、晃一を見て「よう」と片手を上げた。

「早かったな晃一。もう体は大丈夫なのか？」

「ああ。もうこの通り。有給ありがとな」

「別に、オメガにヒート休暇があるのは当然のことだろが。それより、今日呼び出した件なんだけどよ」

昭仁はスマホをポケットにしまい、ソファから立ち上がる。晃一は早速本題に入ったことに身構えながら、昭仁と向かい合った。

「い、一週間前のこと、だよな」

「へ？　なにが」

「いや、何がって、パーティーの日のことじゃないのか」

「はあ？　ちげーけど。何お前、パーティーでなんかやらかしたのか」

訝し気な顔をする昭仁に晃一は拍子抜けし、曖昧に返事をする。やらかした覚えしかないが、どうやら朔夜はホテル側には何も言っていないらしい。ほっと胸を撫で下ろすのと同時に、余計なことを言ってしまったと後悔した。

「なんだよ、面倒なことは勘弁《かんべん》だぞ。何したんだよ」

「あー、そ、それはだな……」

昭仁に詰め寄られ、正直に話すべきか迷う。個人的な思いとしては黙っておきたいが、もしも後でバレた時に追い詰められるのは、オメガでホテルの従業員である自分だ。昭仁ににじり寄られ、じりじりと後退して扉に背中がぶつかる。そして腹を決めた瞬間に、後ろからノックの音が聞こえた。

「お。来たか。晃一、あとでちゃんと吐けよ。ハイどうぞ」

間をおかずに背後の扉が開き、晃一は慌てて扉の前から移動する。その拍子に完治していない腰が痛み、よろけたところを扉の外から素早く伸びてきた腕に支えられた。

「いって……っ」

「すみません、大丈夫ですか。こんなに近くに人がいるなんて思わなく、て……」

「いや、こちらこそ申し訳……」

至近距離で視線が交わり、声が出なくなる。晃一を咄嗟に支えた人物は、朔夜だった。

「……えっ、……、」

あまりにも予想外で、状況がまったく飲み込めなかった。しばしお互いに硬直したまま見つめ合ってしまう。濃紺のスリーピースにストライプのネクタイ。宵闇色の髪はきっちり整えられあの夜と印象ががらりと変わっていたが、目の前の男は間違いなく晃一を抱いた朔夜だ。朔夜も晃一の存在に驚いている様子なのがさらに謎を呼び、思考が完全に停止する。

「……ようやく、会えた」

その囁きに、体の奥に小さな炎が灯されたような感覚がした。あの夜のことが甦って、発情期でもないのに掴まれている部分から体が熱くなる。

「さく……」

「あれ、お二人さん知り合いだった？」

昭仁の声にハッとして、朔夜に釘付けだった視線がようやく自由になる。一歩後ろに下がりながら、動揺を必死に押し隠した。

「し、知り合いというか……、なんというか」

「——一週間前、ホテルに宿泊させてもらった時に一度お会いしたんです。それだけなので、知り合いというわけではないです」

言葉に詰まる晃一とは対照的に、朔夜の口調は平然としていた。大事なことをまるっと隠しているが嘘は言っていないので、晃一は頷いて同意する。勘の鋭い昭仁には晃一の動揺は筒抜けに違いなかったけれど、昭仁は「へぇ～」と言っただけでそれ以上は追求してこなかった。

「じゃ、とりあえず紹介ね。こちらのイケメン、コンサルの五十嵐朔夜くん。一週間前から来てもらってます。んで、こっちはウチのマスターバーテンダーの笹森晃一。これで社員全員と顔合わせ完了かな」

朔夜が目の前にいることへのパニックが続いていて、昭仁の言葉を飲み込むのに苦労した。数秒かけて、朔夜がここにいるのは仕事としてであり、客ではなかったのだと理解する。それはすなわち、朔夜とこれから仕事上の付き合いが始まるということだ。新たな混乱が襲い何もリアクションできずにいると、目が合った朔夜は晃一に向かって小さく微笑んで見せた。

「改めまして、五十嵐朔夜です。このホテルのバーの評判は聞いていましたので、笹森さんにご挨拶できるのを楽しみにしていました。これから半年間、よろしくお願いします」

手を差し出され、握手を求められる。躊躇ったあと手を出すとぎゅっと握り込まれて、また触れた部分が熱くなる。心臓がうるさく鳴り出すのと同時に胸にもやもやとした感情が生まれ、そんな自分にも困惑した。まるで何もなかったかのような朔夜の対応は、何ひとつ間違っていない。だけど、動揺しているのは自分だけなのかと思うとなんだか複雑な心境だった。

「……笹森です。こちらこそ、よろしくお願いします」

それだけ言うので精一杯で、上手く笑えていたかはわからない。

その後は昭仁が何やら喋っているのを聞き流し、出勤時間を理由に早々に退室した。ロッカールームで着替えながら、これから半年もの間朔夜と顔を合わせることになったことを再確認する。

「……マジか……」

あまりにも予想外の展開に心がまったくついていかない。朔夜はあの夜のことをどう思っているのだろう。仕事で関わることを知っていたのだろうか。だとしたら、さっきの冷静な対応も納得できる。だけど顔を合わせた時、朔夜も驚いた顔をしていた。

ぐるぐると思考が巡り、頭が痛くなってくる。わからないことばかりで、たぶん考えるだけ無駄だ。

重たい溜め息をつき、晃一はロッカーの扉に額を思い切りぶつけた。ガン、と派手な音が鳴り、奥で着替えていたドアマンが「大丈夫ですか」と声をかけてくる。痛むおでこを摩りながら「おうよ」と答え、もう悩むのはやめると決める。もともとうじうじするのは性に合わない。

「大丈夫なんとかなる。そうだよな」

この言葉は、姉の明香里の口癖だった。いつも真っ直ぐで前向きで、少しだけいい加減で、大丈夫、なんとかなるよ、と優しい口調で言っていた。この言葉にどれだけ救われてきただろう。辛いことを苦にしない強さを持っていた明香里は今も晃一の支えであり、目標だった。

とにかく今は、一週間ぶりの仕事に集中するのが優先だ。胸を覆うもやつきの正体には、気が付かなくていい。


「ねえねえ、晃一さん。コンサルタントの五十嵐さん、めちゃくちゃ格好良くないですか」

唐突に出た朔夜の名前に、晃一は思わず持っていたウォッカのボトルを落としそうになった。なんとか掴み直して作業台の上にのせ、ぎこちない笑みを作る。カウンター席から晃一に話しかけた吉井千鶴《よしいちづる》は、幸いにも晃一の動揺には気が付いていないようだった。

セレスティアルホテルの最上階にあるバー、ブルーローズ。ここはホテルのオープン時から晃一がメインバーテンダーとして働いている場所だ。ダークブラウンを基調とした内装に、ロイヤルブルーの椅子やソファがアクセントになっている、オーセンティックバー。今日の客入りは少なくテーブル席に宿泊客が数組だけだったので、カウンター越しに一人で来店した吉井と世間話をしていたところだった。

「背も高いし顔も良いし、超絶モテそうってみんなと話してたんだ」

頬杖をつきながらモヒートのグラスを傾けている吉井は、ホテルでハウスキーパーや厨房のバイトをしている女子大生だった。セミロングの毛先だけを巻いた茶髪に、シンプルな黒のワンピースという出で立ちの吉井は可愛らしい見た目の割にさっぱりとした性格をしている。バイト帰りに一人でバーを訪れカクテルを楽しんでいくことが多く、晃一と気安い関係になるまでに時間はかからなかった。今日も疲れたと言いながら来店し、ついさっきまでハウスキーパーチーフの愚痴《ぐち》を言っていたのに。

「二十五歳みたいですよ。あの顔で声も低くて良いとか反則じゃないです？　でもちょっと、近寄りがたい雰囲気ありますよね」

吉井は朔夜に興味津々のようで、改めて他人から見ても朔夜は魅力的なのだと再認識させられた。そんな男と寝てしまったなんて、口が裂けても吉井には言えない。

「晃一さんも会ったでしょ。絶対アルファだよね」

「……さあ、よくわからないな」

平静を装いながら嘘をついたら、押し込めたはずのもやもやがまた戻ってきたのを感じた。吉井は晃一と同じオメガだった。こうして気兼ねなく話す仲になったのもお互いの第二性を知ってからで、仲間意識のようなものがあるからだ。とは言っても吉井は若く、整った外見と明るい性格で多くのアルファから望まれる存在なので、晃一とは天と地ほどの差があるのだけれど。

就活と並行して番を探しているという千鶴が上等なアルファである朔夜に興味を持つの

は自然な流れであり、年齢も近く美男美女の二人はお似合いに思えた。それがどうしてか胸に引っ掛かって、それ以上何も言うことができなかった。あの夜の記憶がまだ鮮明に残っているからだと、晃一は自分に言い聞かせるように考える。

その時、カウンターに伏せてあったスマホのバイブ音が響いた。それは帰宅時間を知らせるアラームだった。吉井はアラームを止めると晃一に縋るような視線を向けてくる。

「晃一さん。時間だけどもう一杯だけ。ダメ?」

「ダメだ。八時には帰るって約束だろ。八時でも充分遅いのに、これ以上は危険過ぎる」

それは晃一との約束だった。カクテル好きでザルらしい吉井は注意していないと際限なく飲んでしまい、帰宅時間が遅くなってしまうのだ。晃一が吉井を気にかけているのはオメガ同士だからというだけでなく、吉井が自分の魅力に無自覚であり、危なっかしいところがあるからだ。女性オメガは男性オメガよりもさらに性被害に遭いやすく、夜遅くに一人で歩くことは危険だった。吉井自身も発情期の前後は気を遣っているようなのだが、それ以外ではまるで無防備で、話を聞いているだけでも晃一をヒヤヒヤさせることが多い。八時を過ぎたら帰宅するという約束は、吉井を思ってのことだった。

「最後にジントニック飲みたかったあ」

「また今度な。それより気を付けて帰るんだぞ。暗い道は避けてな」

「もう。晃一さん、お父さんみたい」

「おと……」

吉井は二十歳であり、年齢的には充分あり得るとわかっていても、お父さん扱いはさすがにダメージが大きかった。確かに十八歳で番を見つけて子供を産んでいたら、吉井と同い年だ。ショックを隠しきれないでいると、吉井は慌てた様子を見せた。

「やだ、違う違う！　ごめん晃一さん。年齢のことじゃないから、なんていうか過保護さのことだからね？」

「はは、何も言うな、吉井ちゃん」

「ごめんてば、うちのお腹出てるお父さんとセクシーイケおじの晃一さんとは全然比べものにならないから！　そういう意味じゃないの！　信じてよ」

吉井のフォローが入れば入るほど悲しくなるのは、何故なのだろう。焦る吉井を宥めすかしながら、菩薩《ぼさつ》の如《ごと》く晃一は笑った。

「いいんだ。俺がもう少しモテる人生だったら、吉井ちゃんくらいの子供がいてもおかしくないってのは事実なんだからな」

「ええ?　またそんなこと言って。晃一さんめっちゃモテるくせに。その色気、わけて欲しいくらいだもん」

吉井は本気でそう思ってくれているらしいが、そんなことは決してない。確かに見た目は悪くないほうかもしれないが、外見だけでモテるフェーズはとっくの昔に過ぎてしまった。マッチングアプリ等、番探しの出会いの場では、三十を過ぎた辺りから明らかに声をかけられる回数が減り、知り合うきっかけすら作ることが難しくなった。遊び目的ならいざ知らず、家庭を持ち子供も作りたいと考えている人であれば尚更だった。

なんとか恋人を作れたとしてもフラれるのはいつも晃一で、そんな自分がモテるだなんて嘘でも思えなかった。年齢を重ねるにつれ自己肯定感は下がっていく一方だということを説明したところで、若く美しい吉井にはたぶんわかってもらえないだろう。

「俺のことはいいから、早く帰りな。気を付けてな」

「はあい。じゃあ、またね晃一さん。──あ」

席を立ち、出入り口のほうへ視線を向けた吉井が声を上げる。反射的にそちらを見ると、そこに朔夜の姿があったので驚いた。心臓が大きく拍動し、胃の辺りがきゅっと痛くなる。

「五十嵐さんだ！　お疲れ様です」

「お疲れ様です。ええと、吉井さん」

近寄りがたいなんて言っていたのに屈託《くったく》なく挨拶した吉井に、朔夜は会釈《えしゃく》する。そして晃一に視線を移したので、思わず目を逸らしてしまった。

「五十嵐さん、まだお仕事中ですか？」

「いえ、今日はもう上がりました。一度客としてブルーローズに来てみたくて」

「あ、じゃあ今はプライベートってことなんですね」

二人の会話にまた心臓がうるさくなる。朔夜がプライベートでバーを訪れたということは、十中八九晃一に用があってきたのだろう。昼間の何でもないような顔は、やはり演技だったのだ。さすがにこのまま何事もなく忘れたふりで済むとは思っていなかったけれど、まさかこんなに早くやってくるなんて思わなかった。

「晃一さんのカクテル美味《おい》しいですよ。私、大好きなんです。今日はもう帰らなくちゃなんですけど、またここで会えたら一杯付き合ってください」

「はい、ぜひ。お気をつけて」

残って朔夜と飲んでいくとでも言い出すんじゃないかと思ったのに、吉井は手を振ってあっさりと帰ってしまった。もしもそう言い出したとしても帰らせるのは変わりないのだけれど、一人取り残されてしまったような心許ない気持ちになる。

静かに近付いてきた朔夜を、晃一は精一杯の接客用の笑みで迎えた。

「お疲れ様です、五十嵐さん。いらっしゃいませ」

「……お疲れ様です」

小さく微笑み、朔夜はカウンターに着席した。メニュー表を渡すが朔夜はろくに目も通さずに、「アレキサンダーを」と言った。

かしこまりました、と頭を軽く下げながら晃一は意外に思う。アレキサンダーはブランデーベースのチョコレートケーキを連想させる甘いカクテルで、朔夜のような若い男性が一杯目に頼むことは稀《まれ》だった。けれど、客がどんなオーダーをしようと晃一はプロとして最高の一杯を提供するだけだ。

ブランデーに生クリーム、そしてクレームドカカオをシェイカーに順番に入れ、シェイクする。一連の動きを朔夜にじっと見つめられて落ち着かなかったが、気付かないふりをした。

「お待たせしました」

完成したものをカウンターに出すと、朔夜はグラスを手に取りどこか目を輝かせながら慎重に口をつけた。そしてゆっくりと噛み締めるように味わったあと、ほう、と小さく溜め息を零した。

「……美味しいです、凄く」

たぶん、心からの言葉だと思った。喜ばれたことが純粋に嬉しくて、ありがとうございます、と言う晃一の口元も緩む。

朔夜は甘いものが好きなのだろうか。男前が甘いカクテルを好むというだけでギャップになるのだから得だな、なんて考えてしまう。現に晃一も可愛いと思ってしまった。

また朔夜と視線がぶつかり、晃一は接客用の笑顔で誤魔化した。すると朔夜が何か言いかけ、躊躇うように目線を下げてからもう一度晃一に向き直った。

「晃一さん」

「は……、はい」

下の名前で呼ばれたことが意外だったが、支配人室で笹森さんと呼ばれた時よりも何故かしっくりきた。

「本当は晃一さんの仕事が終わるのを待つつもりだったんですが、やっぱり、今少しお話いいですか」

「……はい」

ついに本題に入ったことに、晃一は身構える。今はバーも空いていて、他の従業員はテーブル席の対応をしており離れた場所にいる。話をするには良いタイミングだった。

「大丈夫ですか、腰」

「……え？」

「俺のせい、ですよね」

朔夜の目は真剣で、晃一を真っ直ぐに射抜いていた。予想外の切り出し方をされて、一瞬どう答えていいか迷った。確かに、この腰痛は朔夜とのセックスで無理したのも一因だけれど、それを朔夜のせいだなんて思っていない。

「こ、これは、五十嵐さんのせいじゃありません。もともと、腰痛持ちなので」

「そうなんですか……」

「……そうなんです」

どことなくぎくしゃくして、会話がうまく続かない。朔夜の口調は穏やかなものの、淡々としているせいで何を考えているのかわからなかった。

「じゃあ、体は……、大丈夫ですか。俺、あの日は相当無理をさせたかと思います。それに俺、晃一さんの中に何度も出してしまったので、妊娠はしませんでしたか」

明け透けな物言いにぎょっとしながらも、晃一はようやく朔夜が言いたいことを理解した。心配だったのは、孕《はら》ませていないかどうかだったのだ。確かに自分の知らないところで子供ができていたとしたら一大事だ。納得しながら晃一は声を潜め、大丈夫ですと頷いた。

「妊娠は、ないです。落ち着いてからちゃんとバース専門病院に行ったので。心配は無用です」

「そうですか……」

朔夜の様子を見るに、晃一を責める気も訴訟を起こす気もなさそうだった。ほっと胸を撫で下ろすのと同時に罪悪感が襲ってきて、晃一は姿勢を正し朔夜に向き直った。

「五十嵐さん、あの時は本当に申し訳ありませんでした。俺は他人にフェロモンが効かない質で、ヒートの対策を怠《おこた》っていたんです。だからあんなことになるなんて予想外で……。巻き込んでしまってすみませんでした」

頭を下げ、本心から謝罪すると朔夜は「頭を上げてください」と焦ったように言った。

「謝らないといけないのは、俺のほうです。フェロモンに当てられたとはいえ、晃一さんに好き勝手してしまったので。でも、そうか……、だから、あの時逃げて行ってしまったんですね」

「は、はい。五十嵐さんの本意ではないと思ったので、とりあえず離れなければと。本当に申し訳ないです」

「いえ、あれはがっついた俺が悪いです。こうしてまたお会いできたことですし、気にしないでください」

朔夜の寛大さに、いろいろと先回りして不安に思っていたことが申し訳なく思った。どうやらお互いに謝りたいと思っていたらしく、心配することは何もなかったようだ。

あの夜のことは、アルファとオメガのありふれた一夜の過ちとしてなかったことにする。晃一にとっては最善の終わり方で、言うことなしだ。

だけど、安堵しているのは本当なのに、朔夜の顔を見ながら湧き上がる気持ちはどこかすっきりしないものだった。この妙に満たされない気持ちは何なのだろう。

きっとこれは、フェロモンが効く相手と初めて出会ったからこその一時の感傷だろう。今は自分のフェロモンがまったくの無意味なものではないとわかっただけでも充分だ。

「……何事もなくて本当に良かった。もしも番になってたら、それこそ大事になってましたよね」

「――え？」

朔夜の声色が急に変わり、黙ってしまったので思わぬ反応に困惑した。こちらを見つめる朔夜の口元は弧を描いているが、瞳が笑っていない。

「――あの時、俺、晃一さんのうなじ、噛みましたよね？」

「え、あ、ハイ。でも、保護用のシール貼っていたんで、大丈夫でしたよ」

「……ああ、なるほど。保護シール。そうだったんですね」

また黙り込んだ朔夜の表情が翳り、何かを考え込むようなものに変わる。晃一は戸惑い、思わずうなじを触って確認してしまった。

首筋からうなじにかけて手の平を滑らせてみても、至って普通の感触しかせず問題はない。そもそも番というものはお互いの感覚内での出来事であり、目に見える証が残るものではない。体に何の異変も感じなかったことから番にはなっていないと思っていたけれど、自信がなくなってきた。まさか、朔夜のほうでは変化や自覚があったのだろうか。

「え、なってない、ですよね？　番……。なった感じ、ありました？」

「……いえ。番った経験がないので正直わからないです。何もないということはなってないんでしょうか、やっぱり」

「そ、そうですね。なってないと思います」

「…………、そうですか」

相変わらず淡々としているので朔夜の考えがまったく読めない。なんだか残念な感じに見えるのは勘違いだろうか。でも、理由が思い当たらない。それこそ、晃一と番になりたかった、なんて思っていなければ。

「――晃一さん」

「へ、はい？」

強い視線を向けられて、声が変に裏返った。朔夜の瞳にあの夜のような熱を感じて、ぞくりと背中が粟立《あわだ》つのを感じた。

「突然こんなこと言って驚かせてしまうかと思うんですが、俺は、貴方と運命なんじゃないかと思っています」

「……はっ？」

「さっき、フェロモンが効かない質だと仰ってましたよね。俺も同じような体質なんです。あの日、生まれて初めてオメガのフェロモンを感じました」

「……な、え……、え？」

朔夜が嘘や冗談を言っているようには思えなかった。同じような体質を持った人、しかもアルファがいるだなんて考えたこともなかった。

過去、晃一は自分のフェロモンが効かないことを気にしていくつも病院をまわったり、バース性について調べたりした。似たようなオメガがいても、大抵は番との死別や何らかの病気で効きが弱いだけ等の原因があり、晃一のように原因なく誰にもまったく作用しない症例は見つけられなかった。アルファについても同様で、オメガよりも遺伝的に優《すぐ》れているおかげかフェロモンに異常のある者はごく稀であり、ほとんど例がないということしかわからなかった。

だからこそ、朔夜の言葉をすんなりと信じられるわけがなかった。フェロモンが効く唯一の相手が合致するなんて、それはまるで本当に運命みたいだ。

「う、嘘だろ……」

「嘘じゃありません。晃一さんに会った時に確信したんです。うなじを噛んだことで油断してました。番になれたんだとばっかり……」

「え、いやいや……、え？　ま、待ってくれ。ちょっと理解が追いつかねえ……」

あまりにも混乱してカウンターに立っているにもかかわらず口調が普段のものに戻ってしまう。それを気にすることもできないまま、じわじわと全身が熱くなった。じっとこちらを見つめてくる朔夜と目が合い、さらに熱が上がる。

「油断って、それじゃあ、確信犯で……自分の意志で噛んだってことか……？」

頭に浮かんだ疑問を口にすると、朔夜は一瞬躊躇ったあと、頷いて見せた。

「はい、初めてフェロモンに当てられて理性がなくなってたっていうのもありますけど、運命を逃したくなかったので噛みました。翌日に晃一さんを追わなかったのも、番ったと思っていたからです。それに、あのまま晃一さんを捕まえていたら、前の晩よりも激しくしてしまいそうだったので……」

つらつらと衝撃的な発言をする朔夜に、夢を見ているんじゃないかと思えてくる。直接的なことを言っていないだけで熱烈な告白を受けている気がするのだが、もうよくわからない。朔夜のような若く男前なアルファが、こんなおっさんオメガを求めるなんて映画やドラマのようなことが、現実に起きるのだろうか。朔夜に好かれるような魅力が今の自分にあるなんて到底思えないし、初めてフェロモンに当てられたことで勘違いを起こしているのかもしれない。

「番になっていないことは、わかりました」

「そ、そうですね……」

「晃一さん、番になってもらえませんか。俺と、結婚してください」

「…………は、え？」

あまりにも想定外のことに、頭が上手くまわらない。今、朔夜は結婚、と言っただろうか。聞き間違いでなければそう言った。誰と誰が、と考えながら朔夜の顔を凝視し、プロポーズされたことを理解して絶句《ぜっく》した。

朔夜はたぶん、冷静でない。フェロモンが効いたのが初めてで運命だと思い込み、責任を取ろうとしているのではないだろうか。若いのにどれだけ真面目《まじめ》なんだと突っ込みたくなるが、朔夜なりの誠意なのかもしれないと思ったら納得がいった。だけど、一晩寝たくらいでこんな年上の男の伴侶になる必要はない。

あまりにも衝撃を受けたことで逆に落ち着きを取り戻し、朔夜を気の毒に思った。冷静さを欠いているのだとしたら、晃一にできることはきちんと拒絶することだけだ。

「――五十嵐さん。俺、忘れて欲しいって言いましたよね」

できるだけ、感情を込めないで言ったつもりだった。こちらにはそのつもりはないと思わせるために。

朔夜に抱かれて年甲斐もなくときめき、運命かもしれないと思ったことは絶対に言えない。朔夜が晃一の恩人の息子であることは変わらないし、何より自分は朔夜に釣り合わないからだ。フェロモンに初めて当てられたことで運命だと高揚《こうよう》しているのかもしれないけれど、時間が経って正気に戻ったら、きっと朔夜の心は離れていく。自分に自信があった若い頃ならまだしも、今の晃一には朔夜の心を繋ぎ止めておける気がしなかった。そうなってしまったら、これ以上ないほど傷付く自分が容易《ようい》に想像できる。家族を作りたいという夢のためにも、そんなリスクの大きなことはしたくなかった。

晃一の言葉に、朔夜は表情を変えなかった。そして、間髪《かんはつ》容れずにこう言った。

「俺は、忘れられません」

真っ直ぐな視線に射抜かれて、何も言えなくなる。

「晃一さん。俺やっぱりあの時、番にならなくて良かったです」

「……へ?」

「やっぱり、晃一さんにちゃんと俺を好きになってもらってから番になったほうが良い。

幸い俺達は他にフェロモンが効かないんで、時間もたっぷりあります」

「え……、それって、どういう」

「好きになってもらえるまで、諦めません。改めてまた、プロポーズさせてください」

そう言い切って笑みを作った朔夜の瞳の奥が、静かに燃えていた。

諦めないと言われて、晃一の胸には複雑で厄介《やっかい》な感情が渦巻く。困惑と罪悪感、そして求められることの幸福と、それを素直に信じることのできない猜疑心《さいぎしん》。どうしようもできなくて、苦しい。

「……困る」

「すみません。でも、本気なんです。俺も引けません」

朔夜は黙り込んだ晃一に「今日は帰ります」と静かに言ってバーを後にした。

一人になっても、頭の中は朔夜のことでいっぱいだった。初めて、プロポーズされた。晃一が欲しくてたまらなかった言葉。しかも相手は若くイケメンで体の相性もばっちりで、フェロモンが作用する初めてのアルファ。

番になってくれるなら容姿が少しくらい悪くても、お金がなくても、性格がひねくれていても良かったのに。どうしてよりにもよって、朔夜なのだろう。

心臓の高鳴りが収まらない。頬が熱くて胸が苦しくて、今日は眠れる気がしなかった。

3

天気の良い昼下がり。ホテルの近くにある公園は緑が多く、出勤前に一時間ほど散歩するのが晃一の日課だった。バーテンダーという夜間メインの職業柄、気を抜くと不規則な生活になってしまうのを防ぐ目的だ。日光を浴びることで体も気持ちもリセットする気がして、晃一はこの時間を気に入っている。

ホテルに着き、通用口を抜けスマホで時間を確認しながら歩いていると、急に誰かに腰を引き寄せられたので驚いた。こんなことをするのは、このホテルでは一人しかいない。振り返ると、案の定そこには昭仁がいた。

「急に何すんだ昭仁。ガラスの腰が折れたらどうする」

「歩きスマホ危ねえだろーが。注意してあげたんですう」

まったく悪びれる様子のない昭仁は晃一の肩に腕をまわし、そのまま歩き出した。そして何やらニヤニヤと顔を近付けてくる。

「聞いたぜ、晃一。最近、コンサルの五十嵐くんと仲良いんだって？」

「……は、な、どこからそんな話」

「バーによく来てるんだろ？　勤務時間外のプライベートで」

ちょくちょくバーに来ているのは事実なので否定しないが、仲が良いというのは誤解だ。晃一は朔夜が来ても、バーテンダーとして接するように心がけているのだ。

「で、どうなんだよ。口説《くど》かれてんの？」

「……そんなんじゃねえ」

ぶっきらぼうな言い方になってしまったのは嘘をついたからではなく、本気で朔夜の気持ちが一時の気の迷いだと思っているからだ。

あれから朔夜とは確かに話す機会が増えた。コンサルではなく客として訪れるため無下にもできず、困っているのが本音だ。だけど、おかげで朔夜の人となりを少し知ることができた。朔夜は淡白そうに見えて、実はとんでもない頑固者だということ。それから妙に押しが強く強引なところがあり、そのくせ空気を読むのが上手く引き際も心得ているので晃一は翻弄《ほんろう》されるばかりだった。

あれ以来あからさまに口説かれはしないものの、言葉の端々に好意が感じられて意識するなというほうが無理だった。大人の対応でいなそうと思うのに、いつも上手くいかない。たぶん晃一でなければ朔夜になびかないオメガはいないとさえ思う。

「なんだよ。五十嵐くん、若くてイケメンで仕事もできて、将来有望ときてる。番には言うことなしだろ。俺はいいと思うぞ」

「……だから、駄目なんだろ」

俺にはもったいなくて。小さく呟いた言葉は昭仁には聞こえないように言った。自虐になるに違いないし、今はこの複雑で言葉では言い表せない気持ちを誰にも知られたくなかった。

「お、噂をすれば五十嵐くん」

「えっ」

曲がり角を曲がった先、ロッカールームの前に朔夜の姿が見えた。その隣にはハウスキーパーの制服を着た吉井がいて、何やら楽し気に話している。二人は朔夜がバーを訪れるようになってから何度か顔を合わせており、吉井のコミュニケーション能力の高さによりみるみる打ち解けたようだった。カウンター越しにも思ったけれど、並んでいる二人はやはりお似合いだ。少し、眩しいくらいに。

「あっ、芹沢さんに晃一さん。おはようございます！」

「ハイおはようございます。吉井ちゃんは今日も元気だねえ」

こちらに気がついた吉井が挨拶し、昭仁が手をひらひらさせて答える。晃一も「おはよう」と返す。

「芹沢支配人、晃一さん。おはようございます」

至って普通のやり取りだったというのに違和感を覚え朔夜の顔を見た瞬間、昭仁がぐいと腰を引き寄せてきたので驚いた。晃一は腰の保全のために、思い切り昭仁の顔を掴んで引き剥がす。

「腰掴むなって言ってんだろ」

「ふ、くくっ。じゃ、俺はこれで。皆さん、今日もよろしくお願いしますね」

何が可笑しいのか、昭仁はニヤニヤしながらその場を後にした。同い年だというのに昭仁はいつまでも少年のようで、晃一はそのノリに引っ張られることがしばしばだ。

「――晃一さんと芹沢支配人、ずいぶん仲が良いんですね」

昭仁の姿が曲がり角に消えてすぐ、朔夜が言った。その声がどことなく険しく感じて、昭仁との仲を疑っているのだとすぐにわかった。昭仁と晃一が昔からの友人であることはこのホテル内では周知の事実だけれど、一般的にアルファとオメガが一緒にいれば恋愛関係だと思われるのが普通だった。昭仁との仲を勘違いされることは初めてではない。

複雑そうな表情を浮かべている朔夜に対しどう答えるべきか躊躇っていると、吉井が先に口を開いた。

「ほんと仲良いですよねえ。芹沢さんと晃一さん。私一時期、二人は付き合ってるんじゃないかって思ってましたもん」

「それ、いつも言われるんだけどな。ないない」

「うん。晃一さん、彼氏いますもんね？」

同意を求められて、そういえば吉井には彼氏にフラれたことを話していなかったと気付いた。だけど、これはチャンスだ。恋人がいることにすれば、朔夜が諦めてくれるかもしれない。晃一は曖昧に返事をして、あえて恋人の存在を否定しなかった。

朔夜は表情を変えなかったが、ちらりと晃一に視線を寄越した。咄嗟に目を逸らしてしまい、どう取り繕うべきか悩んだ瞬間に吉井が「時間やばい！　またチーフに怒られる」と叫んだことでその場は解散となった。


朔夜が次にバーを訪れたのは、その日の夜。ラストオーダーの時間、二十二時半ギリギリに滑り込んできた朔夜は、急いだのか髪が少し乱れていた。

朔夜がホテルに出入りするようになってからもうすぐ一ヶ月。コンサルティングのことはよく知らないが、朔夜が仕事熱心であることは晃一にもなんとなくわかった。見かけるたびに忙しそうにしているし、一番関わっているであろう昭仁からの評価が高いのが何よりの証拠だった。昭仁は基本的に適当であまりやる気のあるタイプではないけれど、人を見る目だけはあるのだ。

カウンター席に着いた朔夜は、目が合うと小さく笑った。どきりと心臓が高鳴り、晃一はそれを隠すように接客用の笑顔を顔に貼り付けた。

「今日は、ブラウンベルベットをお願いします」

「かしこまりました」

ブラウンベルベットはカカオリキュールベースのオレンジの香りがする甘口カクテルで、朔夜からオーダーを受けるのは二度目だった。基本的に甘いカクテルが好きらしく、特にチョコレート系がお気に入りのようだ。

完成したブラウンベルベットを出すと、朔夜は慎重にカクテルグラスに口をつけ、束の間目を閉じた。カクテルを心から楽しんでいるのがわかる姿はバーテンダー冥利に尽きるもので、その瞬間を見るのは嫌いではなかった。晃一を目当てに来ているだけでなく、カクテルをきちんと味わっているのがわかるからこそ、邪険《じゃけん》にできないのだ。おまけにこの男前な見た目で甘党というギャップ。バーテンダーとしても人としても親しみが湧いてしまい、可愛いなんて思っていることは絶対に秘密だ。

「今日はちょっとバタついてたんですけど、ラストオーダー間に合って良かったです」

「こんな時間までお疲れ様です。お仕事大変そうですね」

「いえ、楽しいので苦ではないんです。皆さんとてもよくしてくれますし」

「それは、五十嵐さんがスタッフを大事に扱ってくれるからだと思いますよ」

ホテルの従業員が朔夜に好意的なのは、他ならぬ朔夜の人柄のおかげだと晃一は本心から思う。朔夜はコミュニケーションを大事にしているようで、従業員全員の名前を早い段階で覚えていた。初めてバーに来た時も、アルバイトである吉井のことを朔夜はきちんと認識していた。最初の頃こそ長身で美形ゆえに近寄りがたいと遠巻きにされていたものの、従業員に積極的に話しかけ誠実に話を聞く姿勢に徐々に評判を上げていったのだ。

「そうなんですかね。でも、そう思ってもらえているなら嬉しいです。人を大事にするっていうのは、父の教えなので」

「……そ、そうなんですか」

「はい。小さい会社の社長なんですけど、会社や企業は人で成り立っているから何よりも人を大切にするべきだって、いつも言ってて」

そう言った朔夜は、優しい笑みを浮かべていた。まさかここで朔夜の父親、総介の話が出るとは思わず動揺したけれど、同時にその教えがいかにも総介らしいと思った。総介は明香里を含めた社員全員を大切にしていて、その延長で晃一も世話になったのだ。それが朔夜にも受け継がれているのだと思うと、感慨深いものがある。

朔夜と総介は良い親子関係を築いているのだろう。

「ごゆっくりどうぞ」

それだけ言い、晃一はカウンターから出た。テーブル席のセッティングをしながら密かに深呼吸し、平常心を保つ。朔夜が来店するたびに心が何かしらの感情で揺すぶられて、落ち着かない。窓から望む輝く夜景よりも、ガラスに映る朔夜の後ろ姿を見てしまう自分が嫌だった。

「晃一さん」

無心で手を動かし、三つ目のテーブルに取り掛かろうとした時。不意に背後から朔夜の声がしてどきりと心臓が跳ねた。振り返ると朔夜が晃一の背後に立っていた。閉店間際のバーは静かで、気付けば朔夜と二人きりの状態だった。ホールスタッフはバックヤードで閉店準備を始めているようで、奥から物音だけが聞こえてくる。

「……な、なんだよ」

不意打ちに接客用の仮面が剥がれ、口調がくだけてしまう。朔夜は一歩踏み出し、晃一との距離を詰めた。

「晃一さんに、聞きたいことがあって」

先程までの雰囲気とは一転して、朔夜は男くさい表情をしていた。あの夜みたいな、晃一を欲していることを隠さないアルファの顔。頬を指の背で撫でられて、ぞくりと背中が粟立った。その手を拒むように体を引き、動揺を悟られないよう朔夜を見返す。

朔夜の聞きたいこととは、たぶん吉井との会話で出た彼氏のことだろう。きっと何か聞かれるだろうと思っていたから、元カレと続いている設定にすると決めていた。嘘をつくのは気が引けるが、早く諦めてもらうには手っ取り早い方法のはずだ。

「わかってる。あれだろ。俺の、彼氏の話だろ。そうなんだ、実は……」

「いえ。それはいいです」

「……え？」

あっさりと否定され、言葉に詰まる。仮にも口説いている相手に恋人がいるというのに、気にならないなんてどういうことなのか。何も発せられずにいると、朔夜はまた一歩距離を詰めてきた。後退ろうにも背後は窓で、逃げ場はない。

「だって、嘘ですよね。彼氏がいるって」

淡々と続けた朔夜にまた驚かされる。背中に窓ガラスが当たり、間近に迫る朔夜の顔に心拍数が早くなった。だけど動じた様子を見せるのは悔しくて、精一杯虚勢を張る。

「……どうして、そう思うんだよ」

「もしもそういう相手がいるなら、すぐに言いますよね。俺が諦めないって言った時に。今までだって言う機会はいくらでもあった。それに、彼氏の話が出た時の晃一さん、否定しなかっただけでなく、いつもより歯切れが悪かったので」

「…………」

冷静過ぎる分析に、どれだけ有能なんだと心の中で突っ込んでしまう。確かに嘘をつくのは得意ではないが、わかりやすいわけでもないと思う。単に朔夜が聡いだけなのだろうが、ここまで見透かされているとは思わなくてなんだか癪《しゃく》にさえ感じる。晃一のほうが十三歳も年上だというのに、翻弄されるばかりだ。

「それより、晃一さん」

朔夜のような美形に至近距離で見つめられて、動揺するなと言うほうが無理だ。無意識に息が詰まり、頬が熱くなる。朔夜の手が窓ガラスに置かれ、気付けばいわゆる壁ドン状態だった。

「な、なんだよ」

「……芹沢支配人のこと、なんですが」

「は？　昭仁？」

急に昭仁の名前を出されて、疑問符が頭の中を飛び交う。まさか、この体勢で仕事のことでも聞かれるのだろうかと思いながら次の言葉を待っても、朔夜はなかなか口を開かなかった。

「昭仁がどうした」

「……はい。お二人が付き合っていないってことは、わかりました」

「……うん？」

「晃一さんは……、芹沢支配人のこと、好きなんですか」

「…………は？」

「……言い方を変えます。例えば、芹沢支配人に本気で番になって欲しいと言われたら、番になりますか」

穴が空きそうなほどに強く見つめられて、朔夜の言葉を飲み込むのに時間がかかった。たった今、晃一の嘘を涼しい顔で見抜いたくせに、晃一の口で否定した昭仁との関係を改めて聞くなんてどういうことなのだろう。もしかして朔夜は、晃一が密かに昭仁に片想いしているとでも思っているのだろうか。

「……晃一さん。答えてください」

焦れるように名前を呼ばれ、少しだけ考えてしまう。

昭仁とは気が合い、どれだけ長い時間一緒にいても苦痛に感じることがない気心の知れた存在だ。だから、もしも昭仁が本当に自分を必要としてくれたなら、きっと晃一は悩むと思う。

「昭仁、は」

すぐには判断がつかず、それだけ言ったところで押し黙ると、朔夜はそれを肯定と受け取ったようだった。窓に置かれていた手が晃一の二の腕を掴み、今までのポーカーフェイスが嘘だったかのような苦し気な表情に変わる。その変化に驚かされながら湧き上がったのは、胸が引き絞られるような罪悪感だった。

「……もういいです。わかりました」

そう呟いた声は掠れて、まるでひとり言のように聞こえた。朔夜を傷付けていることが後ろめたく、だけどこの状況を利用しない手はないと思った。

「……昭仁は、俺の大切な人だ。これからも、それは変わらない」

嘘は言っていない。昭仁は晃一にとって、替えのきかない唯一の存在だ。だからあえて誤解を招く言い方をした。朔夜と番になる気はないのだから、これでいい。

「もういいか。離してくれ。クローズの時間だ」

掴んだ腕を外そうとするが、朔夜はそれを許さなかった。窓際に追い詰められている状態では身動きがとれず、抗議の視線を送る。

「離せって」

「すみません。でも、ひとつだけ。それでも、俺の気持ちは変わりません」

「…………、」

「晃一さんが誰を好きでも、好きです。それだけは覚えておいてください」

あまりにも真っ直ぐな瞳に、胸が痛くなる。朔夜は紛れもなく傷付いているのに、それでも晃一を好きだと言う。心を動かされないはずがなくて、でも頭の冷静な部分でそれは若さゆえの激情なのだとも思う。

晃一にも覚えがある。若い頃に恋をした人は、皆運命の相手だと信じて疑わなかった。何度も間違え、傷付いて、年齢ばかり重ねてしまった今だからわかる。それは一時の感情で、永遠に続くものではないと。

その時、バックヤードのほうから大きな音が響き、ハッと現実に引き戻された。従業員が備品か何かを落としたのだろう。奥から晃一を呼ぶ情けない声が聞こえ、次の瞬間に掴まれていた腕が解放された。目の前の朔夜はなんとも言えない表情をしていて、けれど振り切るように晃一はバックヤードへ向かった。

中に入ると従業員がペーパーナプキンの段ボール箱を派手にぶちまけており、半泣きで晃一に謝ってきた。怪我はないか確認し、すべてを片付けてホールに戻ると朔夜はすでにいなくなっていた。

カウンター席の朔夜が空けたグラスの横には、律儀にもカクテル代が残されていた。グラスを片付けながら、ずっと高鳴り続けている心臓を自覚する。さっきの朔夜の表情が頭にこびりついて離れない。自分を見つめる、恋をしている男の顔。

本当はちゃんとわかっている。朔夜に強烈に惹かれていることを。

もしも自分があと十歳若かったら。朔夜が恩人の息子でなければ。考えても仕方のないことばかりが頭を巡り、胸が苦しくなるのをどうにもできなかった。

4

「ぶははっ！　マジか、晃一お前、俺のこと好きなのかよ」

オープン前のバーフロアに笑い声が響き渡り、晃一はじろりと昭仁を睨《にら》みつける。まだ客は入っていないものの、従業員は近くにいるのだ。この発言を聞かれたら誤解されることは間違いない。カウンター越しだから届かないが、隣にいたら確実にヘッドロックを決めているところだ。

「おい、静かにしろ。変な言い方すんな」

「ふっ、あはは、だってお前、そんな面白展開になってることなんで早く言わねえんだよ」

「今言うんじゃなかった。と言うより、お前に言うんじゃなかった……」

「それはダメだろ。なんせお前、俺のこと好きなんだから。ふはっ」

完全にふざけている昭仁の顔面めがけて、おしぼりを投げつける。器用におしぼりをキャッチした昭仁は、カウンターに身を乗り出してにやりと笑った。

「やっぱり口説かれてたんじゃねえか」

「……それは、一時の気の迷いだろ」

「そうかあ？　別に、入り口は気の迷いでもなんでもいいと思うけどな」

そう言って昭仁は晃一が作ったジョンコリンズに口をつける。一口飲んで、くうう、とビールを飲んだようなおっさんのリアクションを取るのは、昔から変わらない。

ブルーローズ営業時間前の陽が傾く頃。ふらりと現れた昭仁は本社でのお偉方との会議帰りとのことだった。今日はこれで上がりだから一杯飲ませろと、支配人特権でカクテルを楽しんでいく姿は、このバーではもはや見慣れた光景だ。下準備をしながら雑談をしていたのだが、昭仁から朔夜の話を振られ、悩んだ末に告白されたが昭仁に片想いしているという体で諦めてもらうことにした、と打ち明けたのだった。

本当は誰にも言うつもりはなかったが、昭仁がどうも朔夜を気に入っており、晃一との関係を面白がっている節があるのでその気はないという意志表示でもあった。事情を知らずに朔夜に余計なことを言われたら、非常に困る。

「とにかく、そういうことだから。もう変に口出すなよ」

「へいへい、わかりましたよ」

本当にわかっているのか怪しいところではあるが、すんなりと受け入れてくれたことに安心する。おかわりを出してやると昭仁は早速口をつけ、「美味い」と笑った。

「でもよ、俺を好きだとしたら、めちゃくちゃ一途ってことになるなァ、晃一」

「お前みたいな女とオメガにだらしない奴に片想いとか本気で笑えねえよ。無理無理。俺は誠実で優しい番と幸せな家庭を築きたい」

「ふははっ、ひでえ言い草。俺だって晃一みてえな愛情激重な番は勘弁だっつの。ホラ、俺は博愛主義者だから」

「ほんとブレねえよな、お前は。呆れるの通り越して尊敬してきた」

　昭仁との出会いは約十年前。

　当時、晃一はバーテンダーとして北海道にある個人経営のバーで働いており、そこへ昭仁が客として来店したのがきっかけだった。

　雪の降る寒い夜に来店して以降ちょくちょく店に顔を出すようになり、明るく会話好きな昭仁は店主や常連とすぐに馴染《なじ》んだ。近くにある高級リゾートホテルの副支配人だと知った時は驚いたが、飾らない人柄は晃一とも波長が合い、気付けば店員と客という枠を越えた仲になっていた。

　昭仁がアルファだということは初見でなんとなくわかっていて、最初こそオメガとして意識していたけれど、一緒に過ごしているうちに性に奔放な面が見えたり番を欲していないことがわかると恋愛相手としては論外になり、友人として昭仁のことを好きになった。

昭仁も晃一の恋愛観や番願望に対して引き気味だった一方人柄を好んでくれたようで、親友と呼べる関係になるまでに時間はかからなかった。

昭仁との間に恋愛感情と言えるような甘ったるいものはなかったが、アルファとオメガという性質上、何もなかったわけでもない。知り合って二年目の夏、失恋した晃一のヤケ酒に昭仁が付き合って二人してベロベロに酔っぱらった時のことだ。

例のごとく、フェロモンが効かないことを理由に振られ、それを嘆いていたところ昭仁が「試してみようぜ」、と提案してきたのだ。その時、晃一は発情期が始まった時点でフラれたため、症状の治まりきらないうちから抑制剤を服用して飲み歩いていた。症状が抑えられているとはいえ発情期の最中にその申し出は魅力的で、晃一は気が付いたら頷いていた。

アルファであり数多のオメガと関係を持っている昭仁ならもしかして、と酔った頭で考え勢いでホテルへ行ったのだが、今考えると何を試しに行ったのかもよくわからない。とにかく二人とも泥酔しており、若気の至りだったとしか言いようがなかった。

結局、裸で抱き合ったもののお互いに笑ってしまってセックスする雰囲気にはならず、そのまま爆睡で朝を迎えることになった。

十年の付き合いの中でアルファとオメガとしての接触はその一度きりで、あとくされも何もなく、今に至る。翌朝一緒に目を覚ました時でさえ、気まずい空気が流れることはなかった。たぶん、体を重ねようとしたことで、お互いにそういう対象ではないということがはっきりとわかったのだ。無意識下にあった昭仁をアルファとして見る目がそこで完全なくなったと思っている。

昭仁は友人であり、晃一の良き理解者だった。だから、昭仁に東京にオープンするホテルでバーテンダーをやって欲しいと誘われた時も、迷うことはなかった。昭仁を信頼していたし、純粋にバーテンダーとしての腕を買ってくれたことが嬉しかったから。

「そういえば、晃一さあ」

「なんだよ」

「ここのアカウント、全然動いてねえみたいだな？」

突然話題が変わり、ぎくりと肩が強張った。昭仁が言っているのはブルーローズのSNSアカウントのことで、セレスティアルホテル公式とは別にバーの宣伝目的のために晃一が任されているものだった。

しかし晃一はスマホやパソコンに疎《うと》く、SNSもやった経験がないので更新頻度はかなり低く、当然フォロワー数も少なかった。業務の一環としてやらなければ、と思っているもののいまいち前向きに取り組むことができず、最近は放置気味だったのだ。

自覚のあることを指摘されて、後ろめたさしか湧いてこない。すっかり支配人の顔になっている昭仁に、晃一は「ごめんなさい」と素直に謝った。

「存在を忘れちまうんだよな……。それは本当に悪いと思ってる」

「頼むぜ。カクテルの写真撮ってアップするだけだろ」

「わかった。じゃあ早速やるか」

後まわしにすれば絶対に忘れると思い、晃一は下準備の手を止めてカクテルを作ることにした。ちょうど絞り終わったオレンジジュースを使い、ミモザかカンパリオレンジでも作ろうかと思案していると昭仁が「地味だ」と口を出してくる。もっとアルコール度数の高い映えるやつにしろ、と言われ具体的にどれだよ、と言い争いをしていると、突然声をかけられた。

「お取り込み中のところすみません。芹沢支配人、少しお話いいですか」

いつの間にか朔夜がカウンター横に立っていた。昭仁に挨拶し、続けて晃一にも軽く会釈をする。不意打ちの登場に心臓が大きく拍動したが、朔夜は落ち着いた様子で昭仁と仕事の話をし始めた。

朔夜に会うのは昭仁を好きなのかと聞かれた日以来だ。カウンター越しに二人を見ているのがいたたまれず、晃一は手元に視線を落とした。オレンジの皮を片付けながら、平静を装うべく意識して表情を引き締めなければいけなかった。

「芹沢支配人、今日はもう上がられたんですよね。時間外にありがとうございました。急ぎの確認だったので助かりました」

「いいって、いいって。俺、仕事のオンオフとかあんまないから」

それはどうなんだ、と突っ込みたい気持ちを抑えつつ黙っていると、朔夜が急に晃一へ視線を向けたのでぴくりと肩が揺れてしまった。気付いているのかいないのか、朔夜は相変わらず何事もないような表情でカウンターに置いたままのスマホを指差した。

「晃一さん、さっき少し聞こえてしまったんですが、バーのＳＮＳ更新されるんですよね」

「え、あ、ハイ。……そうです」

ぎこちない受け答えに昭仁が吹き出しそうになっているのが見え、心の中で中指を立てる。晃一にはわからない仕事の話をしていたのでまさか話しかけられるとは思わず、油断していた。

「カクテルの写真を撮るんでしたら、今ではなくて夜のほうがいいかと思います。背景もお客様目線でカウンター側から撮って、このバーの雰囲気を伝えるのはどうでしょうか。ここは夜景も綺麗ですから、そちらを背景にしても素敵だと思います」

「あ、あー、なるほど」

至極真っ当なアドバイスに、妙に納得させられた。考えもつかなかったが、宣伝目的ならば客目線のほうがいいだろう。そして確かにカクテルは陽光よりも、照明の中で映えるものだ。

「五十嵐くん、さすが。晃一の奴、スマホとかSNSてんで弱くてよ。俺もあんま得意ってわけじゃねえし助かるよ」

「俺もそこまで詳しいわけではないんですけどね。でも、ブルーローズのSNS更新は宿泊客以外の、とりわけ若い層にも利用してもらえるチャンスになるので、力を入れていきましょう」

「うんうん。ってことだから、晃一よろしくな」

二人から期待の眼差しを向けられ、そこでようやく昭仁が急にSNSの更新をしろと言い出した理由を理解した。これはたぶん、コンサルティングの一環なのだ。昭仁が酒を飲みながら仕事の話をするなんて、おかしいと思った。

しかし更新を頑張れと言われても、晃一は任せろだなんて嘘でも言えない。不安しかなかったが、今は曖昧に「がんばります」と頷くしかなかった。

晃一の返事を聞くと、朔夜はすぐにバーを後にした。公私混同は言語道断《ごんごどうだん》だけれど、仕事モードとプライベートの差があんなにもはっきりしていると少し戸惑う。あの日は、あんなに傷付いた顔をしていたくせに。

直後、自分の思考にハッとして慌てて首を振る。笑ってこちらを見ていた昭仁にからかわれるかと思ったのに、カクテルのおかわりを要求されただけだった。

その日の夜。夕方に降り出した雨が本降りとなり、バーの客は宿泊客だけの静かな夜になった。

晃一は客が引いたタイミングを見計らい、カウンターを出てＳＮＳ用のカクテルを撮ってみることにした。だけど撮った写真を眺めてみても、自分では良いのか悪いのかもよくわからない。従業員を捕まえて「どうだ」と聞いてみても「よくわかんないけど、いいと思います」と適当な返事が返ってくるだけだった。

とりあえず投稿しようと文面に悪戦苦闘していると、そこへ朔夜が現れた。時間的に、恐らく客としての来訪だ。

「お疲れ様です。更新どうですか。写真上手く撮れましたか」

開口一番にＳＮＳ更新のことを聞かれ、晃一は乾いた笑いが漏れた。正直にまだ更新できていないと話す。

「一応撮ってはみた。言われた通りカウンター席からな」

スマホを渡すと朔夜は画面をじっと見つめ「悪くないです」と頷いた。悪くないということは、良いわけでもないということだろう。そんな気はしていた。

「俺が撮ってみても？　ポートレートモードで試してみましょう」

「ポートレート……？　いやもう好きにやってくれ」

朔夜は手慣れた様子でスマホを操作し、何度か位置を変えてシャッターを切った。返されたスマホの画面を見てみると、同じスマホで撮ったとは思えない写真になっていたので驚いた。全体的に色合いがトーンアップしていて、カクテルが光っているように見える。それなのに暖色照明の明かりもきちんとわかって、凄く綺麗だ。背景が少しぼやけているのは、どうやっているのだろう。自分のスマホでこんなことができるなんて、知らなかった。

「凄いな……！」

「スマホのもともとの機能のピントロックを使って、明度と色味を変えただけです。綺麗に撮れますよね。あと加工アプリもあればエフェクトや文字もつけられますよ」

「ほう……？」

何を言っているのかわからない、という顔をすると、朔夜は「簡単なのでお教えします」

と口元を緩めながら言った。少しバカにされたような気がしないでもないが、どこか嬉しそうにも見えてしまい何も言えなくなる。それに写真の撮り方について教えてもらえるのは非常に助かる。これからも更新を続けていくことを考えると、覚えておくべきだろう。

朔夜の説明はわかりやすく、晃一でもすぐ理解することができた。場所を変えたりカウンターに飾ってある花やキャンドルを使ったりと何パターンも撮っていくうちに、だんだんと楽しくなってくる。従業員にもう一度写真を見せるとさっきとは違い「良いですね」と好反応が返ってきて、少し調子に乗りそうになった。

「最後に、晃一さんがカクテルを作ってるところを動画で撮りましょう」

朔夜はそう言い、カウンター席に座ってスマホをこちらに向けた。若いイケメンならまだしもおっさんバーテンダーがカクテルを作っているところなんてどこに需要があるというのか。戸惑いながらそう言うと朔夜は少し固まって、「何言ってるんですか」と低い声で言った。

「俺は、晃一さんがカクテル作っている時いつも見惚れてますよ」

「……はっ？」

「所作のひとつひとつが綺麗で、凄く格好良くて、目が離せなくなるんです。このバーはカクテルだけでなく晃一さんも魅力のうちなので、アピールしない手はないです」

真顔でとんでもなく恥ずかしいことを言われて、一瞬理解が追いつかなかった。それは、朔夜だからそう思うんじゃないだろうか。たぶん惚れた欲目というやつで、朔夜の中で晃一が美化されているからに違いない。写真を撮っている間ずっと仕事モードだったので、すっかり油断していた。

「さ、さすがに言い過ぎだろ」

「いえ、決して言い過ぎではないです」

さらに真剣に「晃一さんは綺麗です」と詰め寄られて困り果てる。結局、朔夜に押し切られる形で動画を撮ることになってしまった。気は進まないが、これも仕事と思えばできないことはない。よく考えてみれば晃一はカクテルをいつも通りに作るだけなのだ。朔夜の言うことは横に置いておいて、ここで固辞する理由はなかった。

そうと決まればバーテンダーのプライドとして、下手なことはできない。少し考えて、シェイカーを使うカクテルを作ることにした。バーテンダーといえばシェイカーを振っているイメージだろう。

「よし、いくぞ」

「はい、お願いします」

スマホを構えた朔夜を客に見立て、いらっしゃいませ、という挨拶からスタートする。

手際《てぎわ》よくブランデーにカカオリキュール、そして生クリームを用意して作るのはアレキサンダーだ。シェイカーを使うカクテルは山ほどあるのに、朔夜の顔を見ていたらなんとなくアレキサンダーを作ろうと思った。出来上がったカクテルは朔夜が飲むことになるのだから、どうせなら彼の好きなものを作ったほうがいい、と言い訳のように考える。

順調に作り進め、シェイクのあとカクテルグラスに注ごうとしたその時。スマホの画面を見ていたはずの朔夜がじっとこちらを見つめていることに気が付き、綺麗だと言った朔夜の言葉が甦った。一瞬だけ集中が途切れそうになったが振り切り、グラスにカクテルを注ぎ、アクセントのナツメグを振りかけてアレキサンダーは完成した。

「お待たせしますた」

自分の耳を疑い、思わず硬直した。今、あり得ないミスをした気がする。誤魔化しようもなく、噛んでしまった。直後に込み上げてきたのは、激しい羞恥。驚いた様子の朔夜としばし見つめ合い、頬が急速に熱くなっていくのを感じた。

「ま、待ってくれ、今の無し。噛んだよな？　今……」

グラスを下げ、ダスターで辺りを拭きながら平静を装ったが駄目だった。少し、というか大いに格好つけていたくせに盛大に噛んだ自分がとんでもなく恥ずかしくて、いたたまれなかった。

「ちょっと待ってくれ、これは……。うわあ……」

両手で顔を覆い、項垂《うなだ》れる。プライベートで酔っぱらっている時ならいざ知らず、バーテンダーとしてカウンターに立っている時にこんな失態を犯したのは初めてだった。しかも一部始終を朔夜に見られた上、撮影までされてしまい、顔から火を噴きそうだ。

「もう一回頼む。今のはちょっと……」

このままでは終われないとやり直しを要求しようとして、朔夜が難しい顔をしていることに気が付いた。カウンターに肘をつき、口元を手の平で覆って黙り込んでいる。一見怒っているようにも見えるその表情に、出かかった言葉が止まった。

「……すみません晃一さん。撮り直しは、しましょう」

「え、あ、ああ。そうしてくれると嬉しい」

「でもちょっと、待ってもらえますか」

朔夜は同じ体勢のまま、何かを堪えるように眉間にしわを寄せていた。そして数秒後に深く息を吐き、晃一のほうをようやく見た。

「すみません。今俺、生まれて初めて『萌え』という感情を感じていました」

「は……？　な、バカにしてんだろ」

「いえ、断じて違います。でも、なんというか、照れて真っ赤になってる晃一さんにうち

の猫に対するみたいな愛くるしさというか、庇護欲みたいなものを感じました。これが、ギャップ萌え……」

相変わらず恥ずかしいことを大真面目に言ってのける朔夜に、怒るよりも気が抜けてしまう。たぶん本心でそう言っているとわかるからだ。それにしても仮にも想い人に対して猫扱いはどうなのだろう。やっぱり少しバカにされている気がする。

「さあ、もう一度いきましょうか」

「お、おお」

何事もなかったかのように切り替えられるのが凄いと思う。朔夜のペースに飲まれながらも、次こそは失敗できないと深呼吸をして新しいカクテルグラスを準備する。そして、一瞬だけ考えてから下げたアレキサンダーを一気飲みした。カクテルの出来映えだけは完璧なことを確認すると、少しだけ落ち着くことができた。

二回目の撮影は朔夜の顔を極力見ないようにして、ミスなく完璧に終えることができた。作ったのはアレキサンダーではなくギムレット。カクテルを変更したのは、なるべく朔夜を意識しないためだった。

カウンターに出来上がったギムレットを出し、朔夜から「ＯＫです」と言われ、ほっと胸を撫で下ろす。カクテルを作ることにこんなにも緊張を覚えたのは、初めてバーカウンターに立った時以来だった。

「お疲れ様でした。良い動画が撮れました。このままアップしてもいいですか？」

「お、やってくれるのか？　助かる」

　この短い時間でスマホの機能や動画投稿の効果的なやり方を詰め込んだ上、動画まで撮影して正直疲れてしまった。動画の投稿の仕方はまた今度勉強することにして、朔夜に任せることにした。

　カウンターでスマホを真剣に操作する朔夜に、晃一は改めてカクテルを作ることにした。ギムレットをそのまま出してもいいけれど、やはり朔夜が好きなのはチョコレート系の甘いカクテルだ。それに、朔夜はもう勤務時間外だというのに晃一がＳＮＳに疎いばかりに仕事をさせてしまった。その御詫びの気持ちも込めて。

「お客様、こちらサービスです」

　朔夜の前に出したのは、チョコレートリキュールを使った晃一のオリジナルレシピのカクテルだった。チョコレートの中に紅茶の香りを加え、生クリームとミルクで柔らかく仕上げたショートカクテル。メニューには載せていないので朔夜に出すのは初めてだが、きっと気に入るはずだ。

「え、いいんですか？」

「ああ。投稿手伝ってくれてありがとうな。これくらいしかできないけど」

「いえ、充分過ぎるほどです。俺、すっかり晃一さんのカクテルのファンなので嬉しいです。こちらこそ、ありがとうございます」

喜んでくれたことにほっとして、晃一の口元も緩む。朔夜は何を考えているかわからないところがあるが、内面は結構感情豊かだと思う。熱烈なアプローチをしてくるからというだけでなく、熱い心を持っていないと仕事に対してあれほど意欲的にはなれない。それはたぶん、父親譲りの気質だと思う。

お世辞や下心で晃一のカクテルのファンだと言っているわけではないとわかるからこそ嬉しく、少し複雑だった。もしもバーテンダーと客としての関係しかなかったら、素直に喜ぶことができるのに。

「更新できました。今日少し撮り溜めることができましたし、毎日ではなくても定期的にアップしていけるように頑張ってください。わからないことがあれば、いつでも聞いてくれて構いませんので」

「わかった。こんだけ協力してもらったんだし、頑張るな」

とりあえず一段落つき、小さく息を吐いた。バー内を改めて見渡し、異常がないかを確認する。

考えてみればブルーローズの客足にはムラがあり、あまり盛況であるとは言えなかった。ホテルのバーなのでこんなものかと思っていたが、もう少し流行ってもいいのでは、と晃一も薄々感じていた。バーテンダーとして美味しいカクテルの提供や従業員の教育等やれることはやっているつもりなので、SNS更新が集客の一助になればいいのだけれど。

ふと、朔夜が自分のスマホをポケットから出して熱心に画面を見つめていることに気が付いた。カウンター席にいる時はいつもスマホを触らずにカクテルを楽しんでいるので意外に思う。すると晃一の視線に気が付いた朔夜が「すみません」と言ってスマホを仕舞った。

「気にすることないぞ。今時スマホを見ながら飲むのもひとつの楽しみ方だろ」

「いえ、バーではカクテルを楽しみたいので。でも、今日は雨が酷いのでうちの猫の様子が気になってしまって。雷が苦手なんです」

「そういえば、さっきも猫のこと言ってたな」

晃一に対して猫に向けるような感情が湧いたとか、なんとか。

察するに、朔夜は飼い猫のことをとても可愛がっているらしい。ギャップがどうこう言っていたが、朔夜こそギャップの塊だと思う。

「ペットカメラをつけているので少し様子を見たんですけど、大丈夫そうでした」

「へえ。カメラか。最近は凄いな」

思い出したのは、昔飼っていた茶トラの猫だった。長毛のふわふわの毛並みに、金色に輝くまんまるの瞳。名前はヒメで、その名の通りにお姫様気質のわがままで気まぐれな猫だった。明香里と二人で暮らしていたアパートの庭で子猫のヒメを保護し、そのまま飼うことになったのだ。滅多に甘えてこない気位の高い性格だったが、明香里にはとても懐いていた。晃一に対してはなかなか手厳しい感じだったが、晃一なりにヒメを可愛がっていた。長毛のヒメのブラッシングをこまめにしたり、バイト代をやり繰りしてちょっと良いおやつやおもちゃを買っていたことを思い出す。

一気に当時の記憶が甦り、きゅっと胸が締め付けられる。ヒメとは五十嵐家を出た時に別れたきりだった。

本当は一緒に家を出るつもりだったのに、ペットキャリーに入るのをヒメが嫌がり、泣く泣く置いていったのだ。ヒメがあんなに抵抗したのは初めてのことで、二時間近く格闘したと思う。晃一自身、精神的に弱っていたこともあり、ヒメに拒絶されたように感じて強引に連れて行くことができなかった。総介と朔夜もヒメを可愛がってくれていたので、五十嵐家にいるほうが幸せだろうと思ったのだ。

時折、ヒメのことを思い出しては元気かどうかを気にしていたけれど、最近は思い出すこともなくなっていた。家を出て二十年が経ち、ヒメはとっくに天寿を全うしたと思っていたから。

「うちの猫、だいぶおばあちゃんなんですけど、凄くかわいいんですよ。毛が長くてふわふわで、雑種とは思えないほど高貴なんです」

「……え？」

「小さい頃から一緒で姉弟のような存在だったので、一人暮らしを始める時も離れ難くて無理言って連れて出たほどです」

穏やかに話す朔夜とは逆に、晃一は衝撃を受けていた。五十嵐家に置いてきたヒメが今も生きているのかもしれない、と考えたら指先が震えた。本当に、そんなことがあるだろうか。

「猫……、おばあちゃんっていくつなんだ？　小さい頃からって……」

「今年で二十二歳です。名前はヒメっていいます」

一瞬、息が止まった。やっぱり、ヒメだった。

まさかまだ生きていてくれたなんて、思いもしなかった。湧き上がる喜びに、平静を装うのに一苦労だった。

ヒメは晃一と別れたあと、朔夜に可愛がってもらってこんなにも長生きしている。感情を上手く処理できず、寂しさと嬉しさ、懐かしさが混じり合って目の奥が熱くなった。

「良かったら、写真見ますか」

「み、見たい、見せてくれ」

前のめりにそう言うと、朔夜はまんざらでもない顔をしてスマホを晃一に渡してきた。受け取って恐る恐る画面を覗くと、そこには間違えようもなくヒメがいた。かつて晃一が飼っていた、茶トラで気まぐれで、世界一可愛い猫。歳をとって毛量が減り、目が白くなっているけれど、ふわふわで勝気な瞳をしているのは相変わらずで、幸せそうな表情をしている。大切にされているのだと、見ただけでわかる。

「……晃一さん？」

写真を見つめて動かなくなった晃一に、朔夜が不思議そうに声をかけてくる。ハッとして晃一は顔を上げた。他人の家の猫を見て泣くなんて、おかしいことだ。

「悪い悪い。昔飼ってた猫に似てたから、びっくりしてな。……かわいいな、ヒメちゃん」

「そうだったんですね……」

ヒメが生きていてくれたことが、ただただ嬉しい。朔夜に土下座してお礼を言いたい気分だった。そんなことはできないけれど、昂ぶる気持ちをなかなか抑えられずに鼻をすすると朔夜が思いがけない提案をした。

「晃一さん。良かったら、ヒメに会いに来ますか」

「…………え？」

「そんな泣きそうな顔をするなんて、よほどその猫ちゃんに似ているんですね。大切だったんですよね。同じ猫好きとして気持ちは痛いほどわかります。もしもヒメが死んだらって、考えないことはないので」

「……で、でも」

ヒメに会いに行く、ということは朔夜の家に行くということだ。自分を好きだと言っているアルファ、しかも受け入れる気のない相手の家にのこのこ上がり込むなんて、考えられない。だけど、朔夜の口調があまりにも優しかったものだから、一瞬迷ってしまった。

だけど、冷静に考えてやっぱり駄目だと思い直す。純粋な気持ちからの誘いだろうと、これ以上朔夜と距離を縮めるわけにはいかない。

「そこまでは大丈夫。写真見られただけで充分だ」

「そうですか。まあ、そうですよね。残念です。なら、よかったらこれも」

思ったよりもあっさりと引き下がった朔夜は、スマホを操作して今度はヒメの動画を見せてくれた。おやつをゆっくりと舐めているヒメの姿が可愛らしくて、食い入るように画面を見つめてしまう。どうやら動画は朔夜の個人的なSNSアカウントにアップされているものらしく、サムネイルはヒメ一色だった。朔夜がスマホカメラの機能に詳しいのは、ヒメの写真を日常的に撮っているからなのかもしれない。

「ヒメはあまり人懐こいタイプではないんですけど、歳をとってから丸くなったのか抱っこが大好きになったんです。今ならきっと初対面の晃一さんでも喜んで抱っこさせてくれると思ったんですが」

「え……？」

朔夜の言葉に耳を疑った。確かにヒメは滅多に甘えることのない猫で、抱っこはあまりさせてくれなかった。明香里にはおとなしく抱かれるのに、晃一相手だとすぐに逃げてしまうのだ。そんなヒメが今は抱っこが大好きだなんて、信じられない。でも、朔夜がそう言うのだから本当なのだろう。さっきの写真にも、朔夜の膝の上に乗っているところを撮ったようなアングルがいくつかあった。

「でも晃一さんが無理なら、仕方ないですね。本当に残念です」

その時、朔夜がまだ晃一を家に呼ぶことを諦めていないのだと気が付いた。下心もたぶん、大いにある。さっきとは違うわざとらしい言い方に、晃一は朔夜をやんわり睨みつけて動揺を誤魔化した。

「こら。ヒメちゃんをだしに使うんじゃない」

そう言うと、朔夜は少し笑って「はい」と返事をした。

「すみません、冗談です。あわよくばって気持ちは少しだけありましたけど。晃一さんがヒメに会いに来てくれたら、というか家に来てくれたら嬉しいっていうのは本当です」

正直過ぎる物言いに、一瞬だけ言葉に詰まった。真っ直ぐな好意をぶつけられることに、いつまでも慣れそうにない。

「ヒメちゃんのこと大事にしてくれ。……って俺に言われるまでもないよな」

「もちろん大事にします。家族なので。でも……、ここだけの話、最近少しだけ弱ってきてるんですよね。歳が歳なんで仕方ないんですけど」

「そ、そうなのか……」

当たり前と言えばその通りだが、ヒメが弱っているという事実は胸に深く刺さった。そして、朔夜の「家族」という発言も。ヒメは晃一にとっても家族だった。

「俺にできるのはヒメがいつ逝ってもいいように、準備をしてあげることぐらいだと思ってます。幸い上司も猫好きなので、ヒメに何かあった時は有休をフル活用できる予定です。もっとも、そんな日はずっと来なくていいって思ってるんですけどね」

少し寂しげに話す朔夜に、晃一は何も言えなかった。ヒメが嫌がったからとはいえ、無責任に置いていった自分とは大違いだ。やっぱりヒメは朔夜のもとに残って良かったのだろう。後悔が胸に押し寄せて、苦しい。ああ、どうしよう。また泣きそうだ。

「晃一さん？　大丈夫ですか」

「……ああ、いや。感動してたんだ。俺はちゃんとしたお別れもできなかったから。五十嵐くんは偉いな。ヒメちゃんは幸せだよ」

「……晃一さん。もしよければなんですが、やっぱり会いにきますか？　ヒメに」

今度こそ朔夜は優しさから言ってくれている。頷いてしまいそうになるのを堪えて、晃一は首を横に振った。

ヒメはまだ生きている。だけど、きっともう晃一のことを覚えていないし、会う資格もない。

「俺は、邪魔しませんから。晃一さんのこと、噛んだりもしません」

晃一が飼い猫のことを思い出して悲しくなっているのだと思い、朔夜なりに和ませようとしてくれたのだろう。大真面目に言うので思わず笑ってしまった。だけど、ヒメに会いたい気持ちと朔夜を拒否しなければいけない気持ちが交錯して、笑顔を保つことはできなかった。

「……いいんだ、本当に」

「わかりました。でも、俺とヒメはいつでも大丈夫ですから、もしも会いたくなったら言ってください」

会いに行くべきではない。行ってヒメに会えたとして、晃一の自己満足でしかない。だけどヒメのことを考えると一目だけでも、という気持ちがどうしても消せなかった。

だって、死んでしまったらもう二度と会えないのだ。どんなに願っても、焦がれても、永遠に。

脳裏《のうり》に鮮やかに甦ったのは、明香里とヒメと過ごした幸せな日々。もう戻れない時を想ってこんなにも胸が苦しくなることを、久しぶりに思い出した気がした。

＊＊＊

ヒメと初めて出会ったのは、高校二年に進級したばかりの春の夕暮れ。

学校から帰り、洗濯物を取り込んで夕飯の下準備を済ませ、バイトを増やそうと求人誌を読んでいた時だった。風の音に混じって聞こえてきたのは、小さくか細い「みぃ」という鳴き声。

気のせいかと思った瞬間もう一度聞こえ、猫だと気付いた晃一は窓の外を覗いてみた。

管理人が綺麗に整えている、決して広くはないアパートの庭。その植木の根元で子猫が小さく縮こまって鳴いていた。

茶トラの子猫は酷く汚れていて、目も開いておらずかなり弱っているようだった。庭に出て周りを見てみたが親猫はおらず、他に子猫も見当たらなかったため、慎重に拾い上げ部屋に連れ帰った。体の汚れをあたたかい濡れタオルで拭き取り、牛乳をあげてみようとするも子猫は自力で飲むことができず、それ以上どうしていいかわからず途方に暮れた。そしてそこへ明香里が帰宅してきたのだった。

事情を説明すると明香里はすぐに動物病院を探して電話をかけ、そのまま連れて行くことになった。診察した獣医師によると子猫の衰弱《すいじゃく》は酷く、数日持つかどうか、とのことだった。

ショックを受けた晃一をよそに、明香里は毅然《きぜん》とした様子で「わかりました」とだけ言い、迷うことなく子猫を家に連れ帰った。そして子猫を夜通し看病し、翌日は子猫を連れて出社した。明香里いわく、頭を下げる前に総介をはじめ同僚全員が子猫の存在を受け入れてくれたと嬉しそうに言っていた。

その甲斐あってか子猫は回復していき、目が開いて歩けるようになるまでに時間はかからなかった。

今も覚えている、「大丈夫だよ」と子猫に優しく語りかける明香里の声。子猫が明香里に懐くのは必然であり、きっと母親だと思っていたに違いない。

子猫はヒメと名付けられ、晃一と明香里の新たな家族となった。気ままで媚びず、けれど圧倒的に愛らしいヒメは、二人の生活に更なる幸福をもたらしてくれた。

柔らかな毛の感触や、温もり、ミルクに似た甘い匂いも、全部ありありと思い出せる。

ヒメを置いていったあの日。あんなに嫌がったのは、もしかしたら晃一を止めようとしていたのかもしれない。今となっては記憶も曖昧で真偽はわからないけれど、もしもそうだったのなら、やっぱりヒメに会う資格は自分にはないと思う。あの時の晃一は明香里を喪った悲しみでいっぱいで、周囲のことがまったく見えていなかった。残された二人きりの家族だったのに。

後悔は尽きず、今の晃一にできることはただヒメが幸せであるように、幸せな最期を迎えられるように、祈ることだけだった。

＊＊＊

「俺は弱い…………」

休日の午後、初めて降りた駅のホームで、晃一は自己嫌悪に苛まれていた。

天気は快晴。心地良い風が吹く絶好のお出かけ日和だというのに、昨晩あまり眠れなかったせいでコンディションは最悪だ。昨晩どころかここ数日間ずっと思い悩み、眠れない日々を過ごしてこの日を迎えた。

今日これから晃一が向かうのは、朔夜が一人暮らしをしているマンションだ。目的は言わずもがな、ヒメに会うため。

ヒメが生きていると知った時、本気でもう自分に会う資格はないと思い、会うつもりも誓ってなかった。だけどあれ以来、朔夜の個人アカウントにアップされるヒメをこっそり見るのが日課になり、過去の投稿も限界まで遡《さかのぼ》ってチェックするうち、会いたい気持ちが抑えられなくなっていったのだ。

そして数日前、ヒメが風邪気味で動物病院へ行ったという投稿を目にして、いてもたってもいられず朔夜に様子を訊ねてしまった。幸い薬が効いてもう元気になったとのことで安心したのだが、その夜に動物番組でペットとの別れのシーンを見てしまい、ついに我慢の限界を越えたのだった。

自己満足でもなんでもいいから、ヒメに会いたい。今会わなかったら、絶対に死ぬまで後悔する。半ば開き直るようにそう思った。

ヒメが晃一を覚えていなくても良かった。ただ生きているヒメをこの目で見ることができたら、それだけで。

自分の意志の弱さに辟易《へきえき》しながらも、覚悟を決めてヒメに会わせて欲しいと言った時、朔夜はわずかに瞠目《どうもく》したあと、「もちろんです」と頷いた。きっと本当に行くと言い出すなんて、思っていなかったのだろう。だけど風邪のことを聞いたせいでSNSを見ていることはバレていたし、察する部分があったのかもしれない。何も言わず、すぐに了承してくれたことには感謝しかない。

念のためにヒメに会いに行く以外に他意はないということを伝えると、朔夜はすんなりと「わかってます」と頷いた。

朔夜の気持ちを考えると、自分がいかに愚《おろ》かな行いをしているかわかっている。家に上がり込んでおきながらその気はないなんて、思わせぶりな若い女子か、と自分で自分に突っ込みたくなる。だけど、やっぱり朔夜とどうにかなるわけにはいかないのだ。

だから晃一も腹を決めて、今日は過去に会っていることや、総介やヒメとの関係をきちんと話そうと思っていた。恩人の息子である朔夜には晃一も幸せになって欲しいと思っていて、その相手は十三歳も年上の自分ではないということを。その上でどうしてもヒメに会いたくて朔夜を利用したのだと謝りたい。そして、ヒメに会うのも朔夜と仕事以外で関わるのもこれっきりにする。

「……よし」

改札を出てすぐ、西口だったか東口だったかを忘れ足が止まった。朔夜に道順を教えてもらったというのに思い出せず、とりあえず住宅街っぽい方向へ行けば大丈夫だろうと謎の自信を持って歩き出そうとした瞬間、今しがた思い描いていた顔が目に入った。

「晃一さん」

「え、さく……、五十嵐くん、なんで」

「道順の説明をした時にちゃんと聞いていなさそうだったので、迎えにきました。迷うといけないですから」

まさにその通りだったので返す言葉もなかったが、そんな笑顔で言わないで欲しい。嫌味でないのが恐ろしいところだ。朔夜は少し有能が過ぎる。

「おはようございます。晃一さん」

「おはよう……、悪いな」

朔夜はシンプルなシャツにデニムというラフな服装で、いつもとは違った印象だった。

スーツの時も充分に格好良いというのに、私服の朔夜はさわやかさが加わり年相応の魅力が増していた。イケメンは何をしてもイケメンなんだな、とときめき半分やっかみ半分で見ていると、朔夜もこちらを穴が空きそうなくらいにじっと見つめていることに気が付いた。

「い、五十嵐くん？」

「あ、すみません。晃一さんいつもと髪型が違って、見惚れてしまいました。私服姿も格好良いですね」

「……そ、それは、」

こっちのセリフなのだけれど、朔夜が本気でそう言っているとわかるから何も言えなかった。否定しようものなら、また恥ずかしいことを平気で次々と言ってくる。それが想像できるくらいには、朔夜のことを知ってしまった。

それにしても、自分のどこに見惚れる要素があったのかは謎である。今朝も鏡を見て、寝不足でくたびれた顔になっているとしか思わなかった。髪型が違うのは仕事の時のようなきっちりとしたセットをしていないだけだ。服装は一応気を遣っているつもりだが、清潔感第一で特別おしゃれをしているわけでもない。今日もごく普通のＴシャツにジャケット、チノパンという格好だった。

それに見惚れる朔夜はよっぽど盲目になっているのだと思う。

「じゃあ、行きましょう。ヒメが待ってます」

「ああ。わざわざ悪いな」

マンションまでは十分ほどの道のりとのことで、街路樹の楓が続いている歩道を歩いた。休日に朔夜と二人でいることが不思議で、なんだか落ち着かない。

「そういえば晃一さん。SNS、順調みたいですね。予想外にフォロワーが増えていて驚きました」

「ああ、そうそう。俺もびっくりしてる。五十嵐くんのおかげだよ」

写真の撮り方をレクチャーしてもらって以来、カクテルの紹介や動画をコンスタントにアップしているおかげかフォロワー数がぐっと増え、投稿が楽しくなってきていたところだった。とは言ってもホテル公式が二万人なのに対して、ブルーローズはようやく三百人になったばかりなのでまだまだ多いとは言えないのだけれど、それでもこの短期間で百人ほど増えたのは我ながら大健闘だと思う。

「だけど、コメントとかDMも増えてな。返信に時間かかるから、ちょっと苦労してるよ。仕事中にスマホいじるわけにもいかないからな」

「え、そうなんですか？　ある程度は放っといてもいいと思いますよ」

「そうだけど、無視すんのはなあ。せっかく書き込んでくれてるんだし。そういえば、ストーリー？　をまた更新してくれって要望が多くてさ。そのストーリーが何かわからないんだけど」

「あ、ああ……」

　朔夜があからさまに気まずそうな顔をしたのを、晃一は見逃さなかった。何かの隠語なのかと焦って問い詰めると、朔夜はあっさりと白状した。

「ストーリーっていうのは時間が経つと消える投稿のことです。あの日、俺がストーリーを投稿しました。すみません」

「あの日……？　って、写真教わった日のことか？」

「はい。晃一さんの動画を俺が撮った日です……」

「……え、まさか」

「すみません。噛んだ晃一さんがむちゃくちゃ可愛かったので、そこだけ切り取って勢いで投稿してしまいました」

　絶句して朔夜の顔を凝視したままわなわなと震えた。あの時盛大に噛んだ羞恥が甦って、頬が熱くなる。なんてことをしてくれたのだろう。そういえば、あの時写真の投稿は晃一にやらせていいのに、動画の投稿だけは朔夜がやった。まさか全世界に噛んだ瞬間を公開されていたなんて、誰が想像できただろうか。

「な、な、なんで、ばか、お前……」

「本当にすみません！　こんなに反響があるということは、恐らく誰かがリポスト……、再シェアしたのかもしれません。可愛かったですから。でもこれで晃一さんのギャップの破壊力が本物だとわかりましたね」

「いや、そうじゃねえ、何言ってんだ。なんつーことをしてくれて……、マジか……！」

謝っているくせにちっとも反省していない口ぶりに、怒りを通り越して呆れてしまう。文句を言いたかったのに結局何も出てこずに、代わりに溜め息が零れた。

「俺もフォロワー数が激増してるの、不思議に思ってたんです。納得しました」

「何がだよ、勘弁してくれよ。恥ずかしさで死ねる……」

頭を抱えていると横で「ほんと、複雑過ぎます」とぼそっと呟いた声が聞こえ、それが異様に低かったので驚いて顔を上げたが、朔夜は何事もなかったかのようにいつもの笑みを向けてきたのだった。

ＳＮＳの話をしているうちにマンションに着き、エントランスを抜けエレベーターに乗り込んだ。ダークブラウンのおしゃれな外観の五階建てマンションは、新築のように綺麗で共用部分も広かったので、家賃は安くなさそうだった。やはり朔夜は若いのに稼いでいるのだなあと感心した。

三階の部屋の前まで来ると、ついにヒメに会えるのかと緊張と期待と不安でいっぱいになった。感動の再会なんて端から期待していないが、威嚇《いかく》でもされたら、たぶん帰宅してから死ぬほど落ち込む。

「どうぞ、上がってください。ヒメは奥です」

「お邪魔します……」

足を踏み入れてすぐ、晃一はぎくりと身を硬くしてその場に立ち尽くした。玄関に入っただけで、朔夜の匂いを感じてしまったからだ。朔夜の自宅なので当たり前と言えば当たり前なのだが、ヒメに気を取られていて油断していた。

この匂いは駄目だと本能が叫んだけれど、少しの間だけの我慢だと自分に言い聞かせる。念のために抑制剤も持ってきているし、うなじに保護シールも貼っている。今日の目的はあくまでヒメに会うことと話をするためだと気合いを入れ直した。

朔夜の後をついて行き、廊下の先の部屋へ入る。中に入ってすぐ左にカウンター付きのキッチンがあり、正面奥には紺色のソファとガラスのローテーブルが見えた。濃いブルーを基調としたリビングにはあまり物がなく、片付いている。朔夜はそのままリビングを進み、右側にある扉を開けた。

「あ、起きてますね。ヒメ、晃一さんが来たよ」

朔夜に続いて部屋に足を踏み入れ、目に飛び込んできた白と茶色に全身が震えた。まんまるの瞳にふわふわの毛並み。クッションの真ん中でくつろいでいるのは、間違いなくヒメだった。朔夜に撫でられると気持ち良さそうに目を細め、その手に顔を擦り寄せた。

言葉にならず、動けなくなってしまう。喜びと愛おしさでどうにかなってしまいそうだ。朔夜に呼ばれ、ゆっくりと近付いて膝を折る。ヒメは晃一を見て、差し出された手の匂いをくんくんと嗅いだ。

「……ヒメちゃん。こんにちは」

慎重に手を動かし頬の辺りを撫でると、ヒメは警戒することなく晃一の手の平に顔を擦り寄せた。その仕草が懐かしくて可愛くて、当時のことが鮮やかに思い起こされた。昔もヒメはこうして撫でてやると、喜んでいた。柔らかくてあたたかい、ヒメが生きている感触。もう一度触ることができるなんて、思っていなかった。

「晃一さん、凄いですね。ヒメが喉鳴らしてる。凄く珍しいです」

「そうなのか？」

「はい。俺にもあまり鳴らしてくれないのに」

朔夜が本気で驚いているので、本当なのだろう。晃一のことを覚えていたのかは微妙なところだが、真意はどうだっていい。ヒメが受け入れてくれたという事実だけで、充分だった。

「……………そうか。それは……、嬉しいな……」

小さな声で、ヒメがみゃあと鳴いた。まるで子猫のように甘えた、あの頃のままの透きとおった声で。

瞬間に、胸が詰まった。鼻の奥がつんと痛くて、目頭が熱い。あ、泣く。そう思うよりも先に涙が勝手に頬を伝っていき、ぼろぼろと零れ落ちた。自分でも自分が泣いていることに困惑し、慌てた。

「晃一、さん……」

「あ、あれ？　悪い、なんだこれ……、うわ」

いい年齢のおっさんが猫に会っただけで泣くなんて、恥ずかしいことこの上ない。朔夜を困らせてしまうと思うのに、涙を止める方法がわからない。

「なんでもないから、ごめんな。ちょっと、感極まって……」

「ま、待っててください」

朔夜はそう言うが早いが立ち上がり、部屋を飛び出していった。あまりにも凄い勢いだったのでぽかんとしていると、扉の向こうから何かが倒れるような派手な音が響いてくる。直後にタオルを大量に持った朔夜が戻って来て、晃一の前で膝を折った。そして、そのうちの一枚で晃一の涙を拭った。

「……俺は、何も見てないですから」

朔夜の不器用な気遣いに、晃一は目をぱちくりとさせた。そして大丈夫だと笑おうとして失敗し、束の間迷ってから受け取ったタオルに顔を埋めた。ヒメへの罪悪感と後悔、そして何よりも再会できた喜び、幸せでいてくれたことへの安堵、様々な感情が渦巻いて、涙となって溢れてくるのをどうしても止められなかった。格好悪いところを見せてしまっていると思うのに、しばらく顔を上げることができなかった。

「……ありがとう……」

タオルの中でようやくそう呟くと、朔夜の手が慎重に晃一の背中を抱き寄せた。子供をあやすような仕草で背中をぽんぽんと叩かれて、優しく穏やかな気持ちを覚える。昔もこんな風に、抱きしめられたことがあった気がする。それは明香里だったか、総介だったか。あたたかい手の平と、柔らかなタオルの感触。いつまでもこうしていたくなるような安心感を、晃一は知っていた。

だけどこれ以上朔夜に甘えるのは、いけない。

「……ごめんな。落ち着いた」

顔を上げると、朔夜が心配そうに顔を覗き込んでくる。息がかかるくらいの近さにどきりと心臓が高鳴ったが、朔夜は晃一の涙が引っ込んだのを確認するとほっとしたような表情を見せた。

「謝ることなんかないです。目、少し赤くなっちゃいましたね」

そう言って朔夜は目元に指先で触れた。まるで大事にされているような触れ方に緊張を覚え、晃一は不自然にならないよう距離を取った。

そしてふと朔夜が持ってきたタオルが目に入り、改めてその量に驚かされる。バスタオルからフェイスタオル、ハンカチタオルまで揃っており、ありったけのタオルを持ってきたんじゃないだろうか。

「それより……、さっき大丈夫だったか？　凄い音したけど」

「あ、すみません、大丈夫です。洗濯カゴを蹴飛ばしてしまって、それが棚にぶつかっただけなので……」

心配して焦ったのだろうか。晃一が昔飼っていた猫を思い出し、泣いたのだと思って。いつも冷静で落ち着いているイメージなのに、朔夜の意外な一面にくすぐったい気持ちになった。受け取ったタオルを見ていたら思わず吹き出してしまった。

「蹴っ飛ばした足怪我してないか？　ほんと凄い音したぞ」

「だ、大丈夫です。あんまり突っ込まないでくださいよ……、格好つかないな俺……」

落ち込み出した朔夜を、可愛いと思ってしまう。また笑うと、朔夜は晃一をバツが悪そうにじっと見てから口元を緩めた。

「……笑ってくれたなら、それでいいです」

「え？」

「いえ、なんでもないです。俺、お茶でも淹れてきますね。晃一さんはヒメとゆっくりしていてください」

「あ、待ってくれ」

晃一ははたとバッグの中身を思い出し、朔夜の袖を掴んだ。そして、持って来ていた手みやげを取り出す。

「渡すタイミングおかしくなっちまったけど、これ良かったら」

鼻をすすりながら差し出したのは、チョコレートの詰め合わせだった。朔夜が甘党なことはカクテルの好みでわかっていたので、吉井に若い人に人気のチョコレートを聞き、朝早めに家を出てデパ地下で購入してきたのだ。

「あと、こっちはヒメちゃんに。おやつとかおもちゃなんだけど、気付いたらいろいろ買っちまった」

二つの紙袋を受け取った朔夜は、何故か驚いた顔をしていた。事前にヒメの好物や好きなものを朔夜に直接リサーチしていたので驚くことはないと思うのだが、思い当たることと言えば、ヒメへのおみやげ袋が朔夜のものと比べて巨大なことくらいだ。こんなにたくさんのおみやげ、逆に迷惑だっただろうか。

「悪い、大量過ぎだよな。さすがに」

「あ、いえ、そうではなくて。なんというか、俺にまでくれるとは思わなくて……、嬉しいです。ありがとうございます」

朔夜は受け取った紙袋を見つめてから、もう一度顔を上げて笑った。

「ヒメも喜ぶと思います。良かったらおやつ今ヒメにあげましょうか。今日はまだ食べていないので」

朔夜はおみやげの中からスティックタイプのおやつを出し、晃一に渡した。ヒメが日常的に食べているという高齢猫用のものをきちんと選んできた。封を切ってヒメに差し出すと、匂いを嗅いですぐにぺろぺろと舐め始めた。

「うわ、かわいい……、かわいいなあ」

「はい。ヒメは食べてる時もかわいいです」

必死に舐めている姿は、いつまでも見ていられそうなほど愛らしかった。引っ込んだはずの涙がまた込み上げてきそうなくらいに愛おしい。気付けばヒメが食べ終わるまで、二人して無言で見守っていた。

食べ終わると満腹になって眠くなったのか、ヒメは大きなあくびをした。そしてもぞもぞとクッションの上を移動して、二人に背を向け寝る体勢に入ってしまう。ベランダからの日差しが当たり、なんとも心地良さそうだ。

「寝ちゃいましたね。抱っこは後でもいいですか？」

「いや、充分だ。ありがとな。このまま寝かせてやろう」

改めて部屋を見ると、ベッドルームは半分以上がヒメのスペースになっていた。数種類のクッションや猫用ベッドに、大きなキャットタワー。床には柔らかいカーペットが敷いてあり、空気清浄機が稼働している。ヒメにとって最高であろう環境がここにはあって、朔夜に改めて感謝の念が湧いた。

静かにリビングへ移動し、促されて緊張しながらソファに腰を下ろす。ヒメとの再会を果たし、後は朔夜と話をするだけだった。

「五十嵐くん。今日は話が……」

「お茶淹れるので、少し待っててください」

さっさとキッチンへ行ってしまった朔夜に肩透かしを食らい、一旦仕切り直すことにする。ドクドクと心臓が脈打って、早く話してしまいたいようなこのまま帰ってしまいたいような、落ち着かない心地だった。散々考えてきた文言がすべて飛んで、頭の中がとっ散らかってしまっている。どこから話すべきか考えていると、まもなく朔夜がキッチンから戻って来た。

「お待たせしました」

コーヒーカップと晃一が持参したチョコレートをテーブルに置き、朔夜は隣に腰を下ろした。ソファは男二人には狭く、距離が近い。つい先程抱きしめられた時の感触や匂いを鮮明に覚えている今、意識するなというのは無理だった。

「い、五十嵐く……」

「――実は今日、晃一さんに大事な話があるんです」

「え……、話？」

「はい。俺、晃一さんに隠していることがあります」

朔夜は神妙《しんみょう》な面持ちをしており真面目な話のようだった。思い切り先を越されてしまったと焦る晃一をよそに、朔夜は話し出す。

「俺、実は晃一さんのこと、前から知っていました」

「……え、…………えっ？」

まさかの告白に、つい大きな声が出てしまった。それは、子供の頃のことを覚えているということだろうか。だとしたら、いつから。最初からということはない気がするが、あり得ないことでもない。今しがた同じことを言おうとしていたのだと、朔夜の顔を見ながら口をぱくぱくさせてしまう。

「驚かせてすみません。ずっと言わなきゃと思っていたんですが、機会がなくて」

「そ、それって、じゃあ、初めて会った時から……？」

「そうですね。晃一さんのこと知ってて、その上で抱きました」

予想外過ぎて、頭が真っ白になった。完全に晴天の霹靂だ。そんな素振りはまったくなかったし、知っていたとしてどうして今まで隠していたのだろう。いや、それは自分にも言えることだけれど、朔夜からしたら子供の頃に知り合った年上の男を抱くなんて初対面よりもハードルが高いと思うのだが、抵抗はなかったのだろうか。

「晃一さん、スノウドロップで働いていましたよね」

「……す、のうどろっぷ？　え？　待て、なんで、いきなり」

新たな混乱を投げ入れられて、頭がパニック寸前になる。『スノウドロップ』は、晃一がセレスティアルホテルへ来る前に働いていた北海道にあるバーの名前だ。どうして今、スノウドロップが出てくるのか。朔夜は来店したことがあるのだろうか。もしも来ていたとしたら、総介に似たこんなイケメンを覚えていないはずがなかった。そしてそもそも、朔夜は何が言いたいのだろう。どこから質問していいかわからずにいると、朔夜は何故か申し訳なさそうな顔で視線を下に向けた。

「スノウドロップの配信に出ていたのを、ずっと見ていたんです。その頃から憧れていました。すみません、やっぱり気持ち悪いですね、俺」

確かに『スノウドロップ』では、店長がライブ配信をよくやっていた。お世辞にも視聴者数は多いとは言えず、常連や地元の人が見るごく内輪の配信だった。それを、地元民でもない朔夜が見る機会があったことのほうが驚きだ。

「いや、気持ち悪いとかじゃなく……、じゃあ、子供の頃は……？」

「子供の頃ですか？　いえ、配信を見たのは大学二年の時です」

「あ、あー、そうか……、ちょ、ちょっと待ってくれ」

頭の中を整理するのに時間がかかった。要するに、朔夜は配信を一方的に見て晃一を認識していたというだけで、二十年前の話はしていない。朔夜の隠しごとは晃一の考えるようなものではなかったのだ。

しかし、とてもじゃないが信じられなかった。朔夜の言うことが本当なら、五年前から片想いしていたということになる。

「大学の友達が北海道出身で、スノウドロップの店長と知り合いだったんです。友達が配信を見ていた時に晃一さんがちょうどカクテルを作っていて、なんて綺麗で格好良い人なんだろうって衝撃でした。なんていうか、理想そのもので」

「り……っ、いや、待て、本当に……、勘弁してくれ」

聞きたいことと突っ込みたいことがあり過ぎて、頭痛がしてきた。それでも、朔夜の告白は止まらない。

晃一を知ってからライブ配信はほとんど見ており、コメントで晃一と交流したこともあること。最初は見た目に一目惚れしたけれど、店長や他の従業員、視聴者とのやり取りの中で見せる素直で飾らない性格に強く惹かれるようになったこと。その時からずっと晃一のカクテルを飲んでみたかったこと。そして、初めて店を訪れた時に晃一はすでに辞めており、どうしてもっと早く会いに行かなかったのかと猛烈に後悔したということ。

だから、再会した時は奇跡が起きたと思った。そして、オメガのフェロモンを生まれて初めて感じたことで、確信したのだ。

「晃一さんは、俺にとって運命の人なんだって」

これが本当なら、朔夜の想いは晃一が考えていたような一時の気の迷いではないのかもしれなかった。モテないと悩んでいたのに、知らないところでこんなにも想われていたなんて、誰が予想できただろう。

「ずっと言いたかった。晃一さん、好きです」

あまりにも真っ直ぐに見つめられて、心臓が苦しいくらいに高鳴った。

——俺も。俺もたぶん、同じ気持ちだ。

溢れそうになる本音を、晃一はぐっと押し込める。

もしも、あと十歳若かったら。朔夜の父親が恩人じゃなかったら。なりふり構わずに、正直な気持ちを言えたかもしれないのに。綺麗だと言って憚《はばか》らないのも、運命だと臆面《おくめん》もなく言うのも、本当はいつだってくすぐったく、ちっとも嫌じゃなかった。

だけど、朔夜の気持ちはやっぱり受け取ることができない。総介がどれだけ朔夜を大切に思っているか、知っているから。十三歳も年上の男を息子に紹介されたら、しかもそれが昔迷惑をかけられた相手だとしたら、裏切られたと感じるかもしれない。それだけは、絶対に嫌だ。

「……俺も、話がある」

絞り出すように言うと、朔夜はぎゅっと眉を寄せて切なげな顔をした。そして晃一の頬に手の平を滑らせて小さく首を横に振った。

「今は、まだ……聞きたくありません」

きっと、晃一にフラれるのだと勘違いしている。結果的にはそうなるのだけれど、理由がちゃんとあるのだ。

「違うんだ、五十嵐く……」

「俺のこと、見てください。今はそうじゃなくても、時間がかかってもいい。……お願いです」

晃一が口を開く前に、朔夜の顔が近付いて唇に柔らかいものが触れた。あの日以来の、朔夜とのキス。あたたかくて心地良くて、朔夜の匂いでいっぱいになる。突き飛ばさないといけないと思うのに腕に力が入らなくて、抵抗は形だけの頼りないものになった。触れた唇から朔夜の焦りや必死さが伝わってきて、晃一も苦しくなる。

「……っ、やめ…、ンッ」

「晃一さん……っ」

唇を割って潜り込んできた舌が口内を蹂躙し、暴れまわる。動きは激しくないのに有無を言わせない強引さで、意識も舌も全部持っていかれそうだ。駄目なのにもっとして欲しくて、どうすればいいのかわからない。

ようやくキスから解放された時、晃一の息はすっかり上がっていた。最後に濡れた唇を舐め、朔夜はあの夜に見せた男くさい顔で晃一を見つめていた。

「……今日は、そのつもりはないって、言ったよな」

「晃一さんにはなくても、俺にはありました。最初から」

真面目な顔で屁理屈を言うのが、朔夜らしい。そういえばあっさりと「わかった」と返事をしていたことを思い出す。朔夜は最初から、今日晃一をどうにかするつもりだったのだろうか。

頬を覆っていた指が耳から髪に滑り、ぞくりと肩が竦んだ。このままでは流されてしまうとわかるのに、振り解くことができない。

「晃一さんが泣いた時、今日は我慢したほうが良いんだと思いました。でも、チョコレートなんて持ってくるから」

「へ……?」

いきなりチョコレートの話を持ち出されて、意味がわからなかった。喜んでくれたのではなかったのだろうか。

「どういう、意味だよ」

「……思い出すんです。初めて晃一さんを抱いた日のこと。あの時、晃一さんから甘いチョコレートの香りがしていました」

ギラついた瞳に射抜かれ、心臓が早鐘を打った。チョコレートの香り、と言われて直前にベストを汚していたことを思い出す。あの時零したリキュールは、確かにチョコレートのフレーバーだった。晃一はずっと着ていたせいかあまり感じなかったけれど、朔夜からしたら甘い匂いがしたのだろう。

「あれ以来、チョコレートの匂いを感じると晃一さんのこと抱きたいって思うようになりました。フェロモンの匂いと一緒に感じたせいなのか、我慢するのが辛いくらいに」

手を伸ばし、朔夜はローテーブルからチョコレートをひとつ取った。口に入れてゆっくりと咀嚼《そしゃく》し、飲み込んだ時の喉の上下があまりにも色っぽくて、目が離せなかった。

「自分を好きだって言う男の部屋に上がり込んでおいて何もするななんて、あまりにも酷い話じゃないですか、晃一さん」

「そ、それは……、違うんだ、俺は」

「俺を侮《あなど》り過ぎです」

甘い香りが晃一にも届いた瞬間、もう一度唇が重なり、朔夜の手が胸や脇腹をまさぐり始めた。口内にチョコレートの味が広がり、その甘さに目眩を起こしそうだった。あの夜の記憶が甦り、発情期でもないのに興奮が抑えられずに、触れられる箇所がぞくぞくした。

「や、待て……、ん、だめ、ダメだ……っ」

「……晃一さんは、俺のこと嫌いですか」

「それは、そんな聞き方……っ」

「嫌いでは、ないですよね。今はそれだけでいいです」

ソファに押し倒されそうになり、晃一は慌てて朔夜の肩を押し返した。そのまま背を向けて立ち上がろうと腰を浮かせたところで腕を掴まれ、バランスを崩してまたソファに尻をつく。すると朔夜の腕が腰にまわされ、後ろからがっちりと抱きしめられる体勢になってしまった。

「本気で抵抗してくれないと、やめてあげられません」

殊更ぎゅっと強く抱きしめられて、うなじに柔らかいものが押し当てられた。オメガのウィークポイントであるそこにキスされて、保護シールを貼っているのに背中がびくんと跳ね上がった。全身の力が抜けて、ぞわぞわとした快感がうなじから広がっていく。

「っ、ぅん……っ」

「シール、貼ってきてたんですね」

朔夜の声が低いような気がしたけれど、それどころじゃなかった。耳元で喋られると、体の奥に声が響いて熱が生まれていく。

「晃一さん、俺言いましたよね。ヒメとの邪魔はしないし、噛んだりもしないって」

「……え、な、なに……、やめ」

「噛みません。それだけは、我慢します。晃一さんが俺を好きになってくれるまでは」

うなじに触れながら言うから、内容が頭に入ってくるまでに時間がかかった。快感のスイッチを入れられたみたいに、体も意識も熱く蕩けそうになっている。このままではいけないと思うのに、熱は上がっていく一方だ。

朔夜の手がTシャツの中に忍び込み、腹筋や胸を撫でた。同時に密かにチノパンを押し上げていた昂ぶりにも触れられ、直接的な快感に息が詰まった。

「……っあ、だ、だめ……っ、んぁっ」

敏感な頂を撫でられ、先端がじわりと濡れたのがわかる。布越しの刺激では全然足りず、もどかしさに腰が勝手に動いた。逃れたいのかもっと触って欲しいのか、自分でもよくわからない。やめさせなければと思うのに、体は快楽にどんどん飲まれていく。

朔夜の手が器用にベルトを外し、あっという間に前立てのジッパーを下ろした。下着をずり下ろされると熱くそそり立った晃一の男性器が顔を出し、朔夜は迷いなく先端を握り込んで扱き始めた。直接的な快感に腰がビクビクと跳ねて、声が我慢できなくなる。

「あっ、んあ、……っは、……っ、だめ、だってぇ……っ」

良いところを重点的に攻められて、自分でも驚くくらいに早く高みが見えてくる。朔夜の匂いとチョコレートの匂いが混じり合い、頭がくらくらする。先端を手の平で捏ねられながら竿を高速で扱かれ、お腹の奥から切ない奔流がせり上がってきた。我慢がきかず、恥ずかしいくらいの早さで達しそうになった。

「は、あ……っ、い、いく、……っ、ん、ん……っ」

「晃一さん……っ」

耳に吐息と一緒に声を吹き込まれた瞬間、腰が戦慄き朔夜の手の中へ射精していた。荒い呼吸を繰り返しながら、ひくひくと余韻に震える。オメガの生殖機能の弱い薄い精液が、朔夜の手を濡らしているのをぼんやりと知覚する。預けた背中から熱い体温と早い鼓動を感じ、朔夜も興奮していることを思い知らされるようだった。

朔夜が動き出し、晃一はソファに横たえられた。見上げた先に、天井と切羽詰まった表情の朔夜が見える。いつもの穏やかさは消え、アルファ然とした強者の瞳がぎらついている。逃げ出さなければと思うのに、本能がこのまま朔夜に支配されたいと叫んでいた。朔夜が欲しくてたまらない。

「晃一さん……、俺に触られるの、やっぱり嫌じゃないですよね」

図星を突かれて、カッと頬が熱くなった。口では駄目だと言っていても、晃一の心も体も正直だった。何も答えられずにいると朔夜は着ていたシャツを脱ぎ捨て、覆い被さってくる。

「今日のことは全部、俺のせいにしてもいい。その代わり、今だけは俺のことだけを見てください。体からでもいいから、好きになって欲しいんです」

言いながら朔夜は晃一の中途半端に下がっていたチノパンと下着を脱がせ、足を大きく割り開いた。抵抗は難なく押さえ付けられ、晃一はびしょびしょに濡れそぼっている蕾を朔夜に晒した。

キスされた時からずっとじんじんと熱くて、愛液を溢れさせていたそこ。恥ずかしくてたまらないのに、体の奥底から更なる快感が湧き上がってくる。一度絶頂したせいなのか、視線を感じるだけで奥から蜜が溢れてくるのがわかった。

「だ、ダメだ……っ、見るな、頼む……っ」

「――晃一さん、綺麗です」

朔夜は濡れそぼった後孔を見て、うっとりと目を細めた。そして同時に、ジーンズを寛げて中から張り詰めた怒張《どちょう》を解放する。思わず釘付けになり、その大きさにごくりと喉を鳴らしてしまう。

この肉棒の熱さや質量を晃一は知っている。これを突き入れられたらどんなに気持ちが良いかを体が鮮明に覚えていて、欲しい、と強烈に思った。

朔夜は晃一の目線に気が付き、少し意地悪に口角を上げた。そして、ゆっくりと亀頭を晃一の濡れた蕾に押し付けた。

「……あっ、だめ、だめだ……っ、ンッ、それだけは……っ」

「どうしてダメなんですか……？　晃一さんのココ、凄く喜んで吸い付いてきてる」

ぷちゅ、と音を立てて表面を撫でられ、挿入されてもいないのにびくびくと腰が震えた。全身が熱くなり、早く挿れて欲しいという欲望が体の中を物凄い勢いで渦巻く。今、この瞬間に朔夜に抱かれたい。

もうどうにでもなれ、と思考を放棄しそうになり、けれど晃一の理性を繋いだのはやはり総介の存在だった。朔夜のことを好きだと思うからこそ、こんなことはさせてはいけない。激しい葛藤《かっとう》の中、晃一はどうにか自分を律する。

「やめて、くれ……っ、たのむ、から……っ」

なけなしの理性をかき集め、晃一は朔夜の胸を押し返しソファの上で体を反転させた。背を向けただけの抵抗とも呼べないような抵抗に、朔夜は一瞬だけ間を置いてから晃一に覆い被さるように抱きついてきた。それだけでも晃一の敏感になった体が震えてしまう。早くこの腕から逃れなければと思うのに、朔夜に抱かれるための準備がすっかり整ってしまっている体は晃一の思い通りに動いてくれそうもない。

「だ、だめだ……、ダメなんだ、本当に……っ」

「――どうしてですか、晃一さん」

耳元で囁かれた声は、明らかに焦れた余裕のないものだった。けれどその中に傷付いたような響きがあった気がして、晃一は躊躇う。その隙に体重をかけられ、尻に朔夜の滾りを感じて思わずびくりと背中が跳ねた。割れ目に沿ってゆっくりと竿を動かされ、ぞわぞわと快感が走り息を詰める。熱く濡れた感触は朔夜の先走りなのか、自分の愛液なのか、わからなかった。

「……っあ、やめ……、だめだって、ん……っ」

「どうしても、ダメなんですか……」

「そう、言ってる……っ、あっ、こら……っ」

先端をまた穴に押し当てられ、情けない声が漏れる。このまま突き入れられてしまえば、理性を保つことはできない。いっそのこと無理やり挿入されてしまいたいという思いと、早く止めなければという必死な思いがせめぎ合って、頭がぐちゃぐちゃになる。

「……晃一さんを困らせてるんですね、俺」

「……っえ、あ……？」

「わかりました。今日は、諦めます」

そう言って、朔夜は深くて熱い溜め息を耳元に吐き出した。諦めるという言葉にほっと安堵したのと同時に肩透かしを食らったような心地を覚えて、そんな自分を恥じる気持ちが後から湧いてくる。だけど、実際にこの体は言い訳のしようもなく朔夜を求めていて、期待していなかったなんて嘘でも言えなかった。そうだ、本心では朔夜とセックスがしたかったのだと自分自身が一番よくわかっている。

「晃一さん、少し腰上げてもらえますか。……そう」

「……え、え……?」

朔夜に誘導され、晃一はソファに膝を立てる格好になった。依然として朔夜は晃一を後ろから抱きしめている状態で、勃起した陰茎も尻に当てられたままだった。諦めると言ったはずなのに離れる様子の無い朔夜に晃一は混乱する。

「な、なに……っ、諦めるって……っ」

「はい。セックスするのは諦めます。無理にしても、意味がないので」

「だったら、もう……っ」

「でもお互いにこの状態のままなのは、辛いですよね」

振り返ると、目が合った朔夜は晃一の想像の何倍も獰猛《どうもう》な瞳をしていた。上気した肌に汗を滲ませ、雄全開のフェロモンを纏《まと》った一ミリも余裕なんてない表情。晃一と同じように、朔夜だって後戻りできないほど興奮していることは考えなくてもわかることだった。

「だから、お互いに一度抜きましょう。そうしないと、晃一さんに酷いことをしてしまいそうだ」

　言いながら朔夜は尻に当てていた剛直を滑らせ、クッと先端を押し込んできた。一瞬、挿入されるのではと身構えたが、それは晃一の太股の間に差し込まれただけだった。

「……っや、待っ、五十嵐く……っ」

「挿れないし、噛みません。抜くだけ。なら、いいですよね……？」

「そ、それは……あっ」

　屹立をまるで挿入するみたいに太股の間に押し込まれて、きゅんと後孔が反応したのがわかった。それだけでなく、晃一の勃起しきった竿の裏筋や陰嚢に朔夜の滾りが触れるのですら快感になる。

「あっ、待っ、……ンッ、んぁ、これ……っ、」

「晃一さん、足閉じて……、……凄く良い、です」

　断続的に腰を打ち付けられて、朔夜の掠れた吐息が耳を犯す。股間全体が切なくなって、また後ろが濡れていくのを感じた。ぱちゅぱちゅと鳴る水音を聞きながら、これが所謂素股であることを遅れて理解した。

これではセックスしているも同然のような気がするのは晃一だけだろうか。流れるようにピストンを始められてしまったせいで、拒む隙もなかった。与えられる快感に翻弄されて、思考がままならなくなっていく。

そのうち朔夜の言う通りに挿入せず噛むこともしないのならいいような気がしてきた。これはあくまでお互いの処理であって、セックスじゃない。自分に言い聞かせるように考えて、その言い訳すらも強い快感に塗り潰されていく。

「……ふ、ぁっ、いがら、しく……っ、あっん」

強請るように腰を揺らしてしまったのは無意識で、本当は後ろに突き入れて欲しいと懇願するのを我慢するだけで精一杯だった。太股の水音が酷くなるほどに自分が淫乱だと言われているようで、たまらなく恥ずかしい。気持ち良さともどかしさに板挟みにされて、どうすればいいのかわからない。

「晃一さん、……っ、腰揺れてる。かわいい……」

「……っあ、言うなぁ……っ、はっ、あ」

朔夜の動きが早くなり、肌がぶつかる音が部屋に響く。殊更強く抱きしめられ、朔夜の吐き出す息が熱く激しくなっていくのと同時に晃一も高みに引き上げられていく。朔夜が自分で感じていることを意識するだけで止まらない悦びが確かにあって、一緒に昇り詰めたいと強く思った。

「……っあ、いがらしく……、も、俺……っ、いきそ……っ」

「……ッ、俺も、です」

切羽詰まった声に、胸がときめいてどうにかなってしまいそうだ。今はもう、この狂おしい快感を受け止めることしかできない。朔夜の熱い滾りが擦れる感触にすべてを持っていかれる。

不意に耳を舐られて、ゾクゾクとした快感が背中と腰を伝って股間に下りていった。ぎゅっと太腿で性器を締め付けてしまい、朔夜が息を詰める。次の瞬間にお返しと言わんばかりに強く裏筋を先端の出っ張りで擦られて、限界がすぐそこまで迫ってきた。

「ひ、ぁあっ、い、く……っ」

「……好きです、こういち、さん……っ」

今、それを言うのはずるい――そんな思いと共に体の中で熱が弾け、精液が勢いよく尿道を駆け抜けていった。びくびくと腰を震わせて吐き出すのと同時に、太股の間で朔夜のものが脈打つのを感じた。二人分の精液がソファを汚していくのを見て朔夜も絶頂したことを知り、満たされていく気持ちをどう受け止めればいいのかわからなかった。

「ふ、はあ……っ、あ、はぁ……っ」

ソファにくずれおちてもなかなか絶頂は終わらず、挿入されたわけでもないのに、後ろでも極まったことを自覚する。

「……晃一さん、大丈夫ですか……？」

朔夜の声が遠く聞こえる。乱れた息も熱い体温も少しずつ遠くなっていき、晃一の意識はそこで途切れた。

5

「晃一さん、めっちゃ良いの撮れましたよ～」

「えっ、今の撮ってたのか、吉井ちゃん」

　スマホをいじりながらピースしてくる吉井に、晃一は仕事中にもかかわらず大きな声が出てしまった。ハッとして居住まいを正してからカウンター席に座る吉井のほうへ近付き、小声で抗議する。今晃一は削り終わったばかりの丸氷を取り落としそうになり、わたわたと慌てた末にキャッチしたところだった。落とさずにほっとした瞬間に吉井に声をかけられたので、恐らく一部始終を撮られていた。

「今のは無しで。頼む、吉井ちゃん」

「だめ。可愛かったもん。アップしたほうがいいですよ絶対」

　言いながらスマホを操作し始め、晃一は溜め息が止まらない。吉井は一週間程前からバーの従業員と共に、晃一が管理しているブルーローズのアカウントの助手になった。とは言ってもカクテルの写真はこれまで通りに晃一がアップすることになっており、吉井達は晃一が撮れないもの、つまり本人を撮る係だった。

　従業員はともかく吉井が妙に張り切っており、気付かないうちにスマホのカメラを向けられていることが多くなった。今日もバイト上がりにバーを訪れ、また撮っているな、と思っていたのだけれど、どうやら熱心に狙っていたのは晃一の失敗だったらしい。

「晃一さん、もっかい格好良い感じで氷削ってるとこも撮らせてください。一緒にアップしてまたギャップ萌え発信しましょ」

「……勘弁してくれよ～。吉井ちゃんのせいで大変だよ。どうしてくれんの」

「えへへ、私のおかげ、の間違いでしょ」

　以前晃一が噛んだ動画をリポストしたのは、他でもない吉井だった。以前からバーのアカウントをフォローしてくれており、突然上がったストーリーがあまりにもツボに入って拡散せずにはいられなかったのだそうだ。吉井はその整った容姿でフォロワー数が多いらしく、ブルーローズのフォロワー数が増えたのも吉井のおかげと言っても過言ではなかった。実際にあれから若い客が増えたので、ＳＮＳの力は侮れないと実感している。

「なんたって私、芹沢さん公認の助手ですからね！　頑張りますよ」

「頑張るのはいいけど普通の写真でいいんだよ、普通で」

　吉井をバーアカウントの助手に任命したのは、昭仁だった。吉井と昭仁が偶然居合わせた時の何気ない会話の中でリポストが発覚し、それが人気を呼んでいることを知った昭仁が提案したのだ。冗談かと思って聞き流していたら、昭仁と吉井がどんどん盛り上がって正式な話となってしまった。

ブルーローズはオーセンティックバーであり、格式高いイメージを壊さない程度にとの話だったはずだが、このままでは格好悪い姿をどんどん発信されてしまいそうで不安でしかない。

「ねえ晃一さん。今日は五十嵐さん、来るかな」

「さ、さあ。どうだかな」

不意打ちで朔夜の名前を出されて、内心動揺した。

朔夜のマンションを訪れた日から約二週間。晃一は朔夜の顔を正面から見ることができなくなっていた。

素股からの絶頂の後、晃一は前日の寝不足が祟《たた》って気を失うように眠ってしまった。目が覚めたのは約二時間後で、晃一は朔夜のベッドの中にいた。どろどろになっていた下半身は綺麗にされ、朔夜のものと思われる服を着ていた。朔夜はリビングでヒメを抱きながらパソコンで作業しており、起き出した晃一に気が付くとすぐさま駆け寄ってきて無理をさせたと謝った。あまりにも優しい声色や触れ方に大事にされていることを自覚し、湧き上がったのは猛烈ないたたまれなさ。帰ると告げると朔夜はマンションの下まで晃一を送り、また来てください、と言ったのだった。

あれから朔夜は何度かバーを訪れたけれど、晃一が忙しい時が多く二人で話す機会はなかった。それでも朔夜がこちらを見る瞳に今までとは違う熱を感じ、平静を装うのに一苦労だった。

罪悪感と後悔で苦しい反面、朔夜の姿を目にするだけで心が宙に浮くような高揚感に包まれる。挿入していないとはいえ、流されるようにあんなことをしたのは間違いだったとわかっているのに、あの時どうすれば朔夜を拒めたのかいくら考えてもわからない。

そして、流されたというのは違うと、頭の中で訂正する。晃一は流されたのではなく、望んで朔夜に触れられた。それだけははっきりしている。挿入しなければ、噛まなければ、と理由をつけて悦びを得たのだ。

もう自分でもどうしたらいいのかわからない。朔夜にまた好きだと求められてしまったら拒むことができないだろう自分に嫌気が差す。そして、挿入せずに終わったことで、あの日からずっとあやふやな気持ちを持て余して疼いている自身の体にも。

あの日、一線を越えなくて良かったと思うのは本心なのに、朔夜の熱いものが自分にどんな快感をもたらすかを知ってしまっている今、抱かれてしまいたかったという思いがどうしても消せないでいた。ふとした瞬間に朔夜の体温や匂いを思い出し、お腹の奥がきゅんと切なくなる。正直に言ってしまえば、あの日から何度朔夜のことを考えて自慰をしたかわからない。発情期でもないのにどうしてもやめられなくて、終わった後は決まって後悔の波に呑まれる。顔を合わせる機会がなかったのは、晃一にとって幸い以外の何物でもなかった。

「連絡してみようかな。ちょっと相談したいことあるんですよね」

「え、五十嵐くんに……？」

「はい。実はこないだ駅前に新しくできたカフェで偶然会って、連絡先交換したんです。盛り上がってめっちゃ話し込んじゃいまして」

屈託なく笑う吉井に、晃一は曖昧に返事をする。手を動かしながら、もやもやとした気持ちが胸に広がっていくのを感じた。朔夜が吉井と連絡先を交換したり仲良くなったりしたところで何も問題ないのに、体の真ん中にじわりと黒い染みができた気がする。以前から吉井は朔夜を気にしていて、しかも番を探している最中なのだから本気になったとしてもおかしくはなかった。そう考えたらずきりと胸が痛んで、足元が急に不安定になったような感覚がした。

「あ、噂をすれば五十嵐さん」

「え……」

吉井の声に顔を上げると、朔夜がこちらに向かって歩いてくるのが見えた。どうして今のタイミングで現れてしまうのか、余計に顔を見ることができず、視線を微妙に逸らして挨拶をした。

「……いらっしゃいませ」

「こんばんは。晃一さん、吉井さん」

「こんばんは！　お疲れ様です。今ちょうど、五十嵐さん今日は来ないのかなって話してたんですよ」

「そうなんですか？　あ、もしかして、例の話に進展ありましたか」

吉井の隣の席に腰を下ろし、話し始めた二人は晃一が知るよりもずっと気安い雰囲気だった。何より、朔夜が笑っている。以前は近寄りがたいなんて言われていたというのに、朔夜と吉井は自然体で笑っていた。

吉井の明るく素直な性格は誰から見ても好感が持て、同年代で話題も合うであろう朔夜が心を開くのだってごく普通のことだ。だけど、目の前でこんな風に仲の良いところを見せられて、気持ちが追いついていかない。お門違いだとわかっているのに、二人の姿を目にするのが苦痛に感じた。カウンター越しに見る二人は、誰が見てもお似合いだった。

「晃一さん、今日はジェントルマンズショコラをお願いします」

声を掛けられ、すぐに反応することができなかった。またチョコレートのカクテルを頼んだ朔夜に、複雑な感情が湧く。吉井の隣で晃一を意識すると言ったカクテルを頼むなんて、一体どういうつもりなのだろう。——いや、どういうつもりも何もない。おかしいのは吉井の存在を意識し過ぎている自分。

「晃一さん?」

「……いえ、かしこまりました」

接客用の笑顔を貼り付けて、晃一はカクテルを作ることだけに集中した。グラスを朔夜に出すと、忙しいふりでその場を離れた。朔夜が何か言いたげな視線を晃一に投げてきたけれど、無視してバックヤードに引っ込んだのは完全に逃げだった。

みっともない嫉妬を覚えている自分が恥ずかしく、惨《みじ》めだった。自分を卑下することはしたくないのに、朔夜に気持ちを持っていかれるほど胸が苦しくなって、自分が自分じゃなくなるような気がした。

バックヤードの小さな窓から、朔夜と吉井が親しげに話しているのが見える。今まで、誰かにこんな暗く澱んだ気持ちを持ったことはなかった。いつだって本気で恋をしてきたつもりだったけれど、朔夜に対して湧き上がる気持ちはどれも初めて感じるものばかりだった。これも、フェロモンの作用なのだろうか。お互いにフェロモンが効く、唯一の存在。これが『運命』なのだとしたら、どうすればいいのだろう。

＊＊＊

「付き合っちまえばいいんじゃねえの？」

実にあっけらかんと無責任に、昭仁は言った。

朔夜とのことに頭を突っ込んでくるなと言ったのに、もうそのことは忘れてしまったらしい。

ブルーローズオープン前の昼下がり。晃一は支配人室に呼び出され、今度行われることになったウェディングパーティーについての話をしていたところだった。以前から話が進められていた二十人程度の少人数開催のパーティーなのだが、急遽新婦から晃一にバーテンダーをして欲しいと要望があったそうなのだ。

新婦はＳＮＳで晃一のことを知って打ち合わせ帰りにバーに寄り、実際に晃一と話して指名したいと思ったとのことだった。そういえば投稿を見たと言うカップル客がいたことを思い出し、嬉しいやら恥ずかしいやらなんとも言えない気持ちになった。まだ若い新婦が見た投稿というのは、恐らく噛んだ時や丸氷を落としそうになった時のものだからだ。

もともとパーティーにはバーテンダーが一人専属で付くことが決まっていたので、晃一はその話をありがたく受け入れた。そして、せっかく指名してくれたのだから何か特別なことをしろ、と昭仁から無茶ブリされたのだった。

晃一は悩んだ末に新婦と新郎をイメージしたオリジナルカクテルをサプライズで作ることにし、それに加えてちょっとしたパフォーマンスを提案した。以前少しだけやったことのあるフレアバーテンダーの経験を活かし、音楽に合わせてカクテルを作るというものだ。とは言えウェディングパーティーなので音楽もパフォーマンスも雰囲気重視で控えめに、あくまでちょっとした余興、の範囲で。

昭仁がOKを出したことで話がまとまり、早速新郎と新婦の情報をもとにオリジナルカクテルの構想を練っていると、昭仁が突然「五十嵐くんとヤッただろ」と突っ込んできた。

唐突な指摘だったことで動揺は凄まじく、咄嗟にとぼけることができなかった。焦りまくる晃一を昭仁は少し呆れたように見つめ、「付き合っちまえばいい」と言ったのだった。

「……それができたら、そうしてる」

ぼそりと呟いた本音は聞こえないよう言ったつもりだったが、静かな支配人室では昭仁にばっちり届いてしまったようだった。昭仁は心なしか目を輝かせ、肩を組んできた。

「何だよ、それってやっぱお前も五十嵐くんに気があるってことじゃん。そうだよなあ、バレバレだもん。で、どういう意味だよソレ」

「へ、いや、これは言葉のアヤっつーか、なんつーか……」

「お前はほんと隠しごと下手だよなあ。まあいいや。オリジナルカクテル開発付き合ってやるから話してみろよ。仕方ねえよな、晃一はほんとによ」

実に楽しそうな昭仁に溜め息が止まらなかった。だけど、このまま自分一人の胸に抱えておくには辛くなってきていて、吐き出すのも悪くないのかもしれないと思った。昭仁は基本ふざけているけれど、真面目な話はきちんと聞いてくれる男だ。

「……次のオフで試作品考える。場所は家でいいか」

そう言うと昭仁は一度瞬きをし、にやりと笑って「おっけー」と言った。

三日後、いつもの休日よりも少し早めに起きて準備をしていると、昭仁がやってきた。泊まり込みで思う存分試飲するため、車ではなく電車で来たというので笑ったが、二人で家呑みをするのは久しぶりだったので晃一も飲む気は満々だ。

まずはオリジナルカクテルの方向性を決めることにする。前日から考えておいたカクテルを作り、昭仁が持ってきたチーズとハムのセットをつまみに、飲みながら意見を出し合っていたら、日が暮れるのはあっという間だった。

　時間をかけたおかげでオリジナルカクテルは納得のいくものになりそうだった。あとはパフォーマンスの詳しい内容を詰めるだけだったが、昭仁が絶対にレインボーショットが良いと言うのですぐに決まった。

　レインボーショットはひとつのシェイカーから七つのグラスに注ぐカクテルの色が変化していくという定番のパフォーマンスで、パーティーには最適だった。ただ、綺麗な色を出すにはそれなりの技術が必要になってくるので、勘を取り戻すための練習は必須だ。

「よっしゃ、時間外勤務終わり！　飲むぞ、晃一！」

「もう結構な量飲んでるけど明日大丈夫か、俺もお前も」

　言いながらビールの缶を開け、二人で乾杯する。夕暮れが過ぎ、窓から見える空にはすでに月が浮かんでいた。

　飲み始めてまもなく、昭仁に促されて晃一は朔夜とのことを打ち明けた。二十年前に会っていること、朔夜の父親は恩人であり、裏切るような真似はできないこと。そして、お互いがフェロモンが効いた初めての相手であることも。

「それってお前が言う、運命の相手なんじゃねえの」

黙って話を聞いていた昭仁はそう言ってから、ビールを呷った。

「でも、そうだな。大事な人の息子かァ……。この歳になると、いろんなことが見えて考えるようになっちまうからな、気持ちはわからんでもない。若い時みてえに衝動だけで動けねえよな」

晃一の気持ちを言語化されたようで、何度も頷いてしまった。胸の重たい鉛を吐き出したことで、少しだけ楽になれた気がする。

込み上げるのは、朔夜への想い。好きになっている。もう、とっくに。

運命の相手が結ばれるわけにはいかない人だなんて、いもしない神様を恨むしかない。もしもいたとしたら、そいつは自分を嫌いだろうから願うことすら癪に思えた。家族が欲しいというたったひとつの夢も叶えてくれない神様なんて、いないほうがマシだ。

「わかっただろ、これで。もう朔夜のことは言うな」

「朔夜、ねえ」

「……あっ、し、仕方ねえだろ。昔は……小さい頃はそう呼んでたんだ」

「ふうん。まあいいけど。それよりめちゃくちゃブスになってんぞ。顔が全然納得いってねえ。晃一はやっぱ隠しごと下手だな」

静かな口調で言うから、胸にぐさりと刺さった。

そうだ、昭仁の言う通り諦めなんてついていない。朔夜が好きで、求められることが嬉しくて、本当は番になりたい。しがらみも葛藤も何もかも捨てて、朔夜が好きだと叫ぶことができたらどんなにいいだろう。

でも、できない。総介のことを考えると、絶対に。

「でもよ、そんな葛藤してるくせに、流されてヤッちまうとこが晃一って感じだよな。身持ちが硬そうでいて、実はそうでもないっていう」

「違う、ヤッてねえ。最後までは、してない」

「は？　マジで？」

「嘘じゃねえぞ。何もなかったとは言えないけど、一線は越えてない。最初はヒート中だったせいでヤっちまったけど、今回は踏みとどまったから実質ノーカンだ」

「いや、さすがにそれは無理があんだろ。でも、そうか……へえ？　晃一が？　嘘だろ、あの流されやすくてお馴染みのお前がァ？」

「おい、誰がお馴染みだ。ぶん殴るぞ」

昭仁のまるで信じられないといったリアクションが腹立たしかったが、確かにこれまで晃一は求められると断れず、流されるままに体を繋げることが少なくなかった。でもそれは、早く番が欲しいという焦りと、フェロモンが効かないことへの引け目からだ。フェロモンが作用しないのだから、せめてアルファの望むままに振る舞うことが誠意だと思っていた。

だけど、最近はそれが全部裏目に出ていたんじゃないかと薄々気付き始めていた。簡単に体を差し出し、いいなりになるから舐められてしまう。従順過ぎるオメガは対等なパートナーにはなれない。

でもそれが真実だったとして、他にどうやって自分を好いてもらえばいいのか見当もつかなかった。自分に自信があれば、もっと上手くやれたのかもしれない。

「それに、言っとくけど流されたんじゃない。でもどうしても、拒めなかった。ギリギリ耐えたのは自分でも奇跡だと思うよ。でも、朔夜から良い匂いがして、ヒートでもないのに抗える気がしなかったのは間違いない。あれも、朔夜の……アルファのフェロモンの作用なのか」

「確かにオメガとヤる時は、ヒート中じゃなくてもベータには感じない興奮があるな。たぶんオメガも同じはずだ。それに耐えたって、すげえことだぞ。俺にはできねえもん」

「…………そう、なのか」

全部をフェロモンのせいにすることはできない。そんなことはわかっているけれど、この気持ちもフェロモンで片付けることができたらどんなにいいだろう。

黙り込んだ晃一の背中を、昭仁が叩く。そして新しいビール缶を開けて晃一の手に持たせた。

「よし、今日はとことん付き合うぞ、晃一。飲んで次の運命探そうぜ！」

「運命って次とかあんのか……」

「あるある。俺、運命の相手にたぶん四人以上会ってるからな。出会いでビビッとくるやつ。俺のモテをわけてやりてえくらいだぜ」

「それたぶん好みのタイプど真ん中ってだけだし、お前のモテは軽いからいらねえ……」

普段なら話を聞くだけ聞いて笑っているだけの昭仁が励ましてくれているのかと思うと、どん底みたいな心情でも笑ってしまった。昭仁のこの明るさに、何度も救われてきた。恋愛や番とは違う意味で、昭仁は運命だったんじゃないかと思う。

「……運命はともかく、今日は飲むか。レインボーショットの練習は明日から！」

「おう、そうしろ！　よっ、指名バーテンダー！」

それからのことはあまり覚えていない。浴びるように飲んで、気が付いたら夜が明けていた。昭仁が晃一のベッドですやすやと眠っていたのに対して晃一はリビングのラグの上に転がっており、寝起きは最悪だった。床で寝たせいで腰が痛く、今日も仕事だということに絶望した。起き出してきた昭仁も二日酔いは避けられなかったようで、二人揃って酷い顔で出勤するはめになった。

電車に揺られ、やっとの思いでホテルに辿り着くと、昭仁と共に真っ直ぐに支配人室へ向かった。途中で買ってきたドリンク剤を流し込み、出勤時間ギリギリまで休むつもりだった。若い頃はどんなに飲んだとしても翌日は少し辛い程度で済んでいたのに、やはり年齢には勝てないと痛感する。支配人室までの距離が果てしなく感じられて、二人共電車からずっと無言だった。

「あー、そういえば晃一に言ってないことがあったんだった……」

乗り込んだエレベーターの中で、昭仁が口を開く。

「なんだよ……」

「お前が指名もらった、ウェディングパーティーさ」

「うん？」

「五十嵐くんも当日いることになってるから」

「………は？」

「いや、もともと五十嵐くんて細かい業務はもちろん、イベント関係もよく見に来てんのよ。んで、今度のパーティーも来る予定だってことを、言ってなかったなあって」

たっぷりと時間をかけて昭仁の言ったことを理解し、二日酔いの頭痛が酷くなった気がした。つまり、パーティーの間は同じ空間で仕事をすることになるのだ。コンサルとして朔夜がホテルの仕事に積極的に関わっていることは知っていたので何の文句もないが、今はその熱心さを呪うしかない。

「そ、そうか……」

「まあ、お仕事だしバーテンと絡む用事もないだろ」

「それはまあ、そうだな……」

昭仁の言う通り、特に大きな支障はない。だけどできることならもっと早く話して欲しかった。こちらにも心の準備というものがある。

朔夜がパーティー当日にいるということを昭仁が今まで話さなかったのは、たぶんわざとだ。最初に言われていたら、気が散ってあんなに前向きにオリジナルカクテルやパフォーマンスのことを決められなかっただろう。それを見越してのことだと思ったら、黙っていたことに遅れて腹が立った。

「……っ、誰がいようが俺はバーテンダーの仕事を疎かにしねえよ。わかってたなら早く言え、バカ」

「だから、忘れてたんだって。ごめんネ、晃一クン」

プライドを傷つけられて怒ったのが伝わったのか、昭仁がふざけて擦り寄ってくる。痛めたばかりの腰を抱かれて抵抗するも、狭いエレベーターの中では逃げられなかった。

「コラ、俺のガラスの腰をもっと労われ、掴むな。誰のせいで腰痛だと思ってんだ」

「え、俺のせいにしちゃう？　昨日毛布かけてやったのに？」

わあわあ言い合っていると、エレベーターのチャイムが鳴り、扉が開く。するとそこに、朔夜が立っており、昭仁に腰を抱かれた不自然な体勢のまま固まってしまった。朔夜の方も驚いた様子で晃一と昭仁を見ている。けれどすぐに表情を戻し、閉まりかけたエレベーターの扉のボタンを押した。

「――おはようございます。今ちょうど、支配人室に向かうところでした」

「おー、五十嵐くん、おはよう」

「………、」

昭仁を引き剥がし、エレベーターの隅に移動する。すると朔夜がエレベーターに乗り込んできて、晃一と昭仁の間に立った。不自然な立ち位置に思わずどぎまぎしてしまったが、気にしているのはどうやら晃一だけのようだった。

「お二人は仲が良いんですね」

「腐れ縁てやつよ。なあ、晃一」

「あ、ああ……」

朔夜はそれだけ言って、昭仁に仕事の話をし始めた。何とも思っていなさそうな様子が取り繕ったものなのか、それともあまりにも子供っぽいことをしていたせいで取るに足らないことだと思ったのか、判別がつかなかった。

昭仁のことが好きだと誤解するように仕向けているのだから朔夜にどう思われたって構わないのに、じゃれ合いを見られた気まずさに胸がまたもやもやと曇った気がする。朔夜を目の前にすると、どうしたって心が自由にならない。

ちらりと朔夜を盗み見て、相変わらず整った横顔に見惚れた。それに比べて今日の自分は二日酔い丸出しのぼろぼろの状態ときている。飲み過ぎたのだって酒に逃避したからであり、情けなさに消え入りたくなった。

エレベーターが支配人室のある階に着き、昭仁と朔夜が降りていく。晃一は足が動かず、二人を見送る形になった。

「――晃一さん？」

振り返った朔夜に声をかけられ、晃一はハッとする。そして、閉のボタンを押して歪に笑った。

「やっぱ、このまま出勤することにする。仕事の邪魔になるしな。じゃあ、また」

我ながらわざとらしい言い訳だと思う。逃げることしかできない自分が嫌で仕方ないけれど、今はまだ朔夜を諦める覚悟ができていないから、こうするしかないのだ。

扉が閉まる直前、朔夜は困惑した顔を見せた。そして次の瞬間扉に手をかけ、エレベーター内に滑り込んできた。

「え……っ？」

勢いよく飛び込んできた朔夜に押され、背中に壁が当たる。衝撃は少なかったが朔夜に壁に追い詰められた形になり、キスしてしまいそうなほど距離が詰まった。逃げ場がない中、朔夜の必死な顔で視界がいっぱいになる。

扉が閉まる音がして、エレベーターが動き出す。見つめ合ったまま、しばらく動くことができなかった。

「………晃一さん。俺……」

言葉に詰まった朔夜も、自分自身の行動に戸惑っているようだった。さっきまで何でもないように昭仁と話していたのに、こんな切羽詰まった顔を隠していたなんて知りたくなかった。

朔夜は数秒の間逡巡し、晃一の肩に手を置き少し距離を取った。そして、ぐっと奥歯を噛み締めるような表情で晃一を真っ直ぐに見つめた。

「……芹沢支配人と、朝まで一緒だったんですか」

嘘をつかなければと瞬時に思い、けれど本当はそんな嘘はつきたくないという恋心がずきりと痛んだ。朔夜はたぶん、昭仁と寝たのかと聞きたいのだろう。そうだと頷いてしまえばいいのに、嘘をつくことがどうしてもできなかった。朔夜があまりにも切実な瞳で見てくるから。

目を逸らし何も答えられずにいると、朔夜の手の力が強くなる。

「……すみません。晃一さんが誰を好きでもいいなんて言ったくせに、格好悪いですね俺。そうじゃなくて、本当は、話したいことがあって……」

朔夜は一度視線を下げ、深く息を吐いてから必死さはそのままに再び晃一を見た。

「晃一さんが、あの日から俺を避けているのはわかってます。強引に迫って無理させてしまったこと、謝らせてください。どうしても、我慢できませんでした」

あの時のことは自分が悪いのだと言いかけて、上手く言葉にできなかった。どう言ったって晃一の葛藤や真意は伝えられないし、伝えることもしてはいけないとブレーキがかかってしまう。

「五十嵐くん、俺は……」

「――でも、晃一さんに触れたこと自体は後悔してないし、謝りません。俺はあの日、最初から晃一さんを抱くつもりでしたから」

強い意志の篭もった顔で見つめられて、胸がぎゅっと引き絞られるように痛くなった。朔夜の言葉はいつだって真摯《しんし》で、心の奥を揺さぶってくる。だからこそ、晃一は何も言えなくなるのだ。あの日、きちんと話すべきだったのにできなくて、今もずるずると朔夜の好意を弄ぶような真似をしている自分は狡《ずる》い。

そう、わかっているのに。

エレベーターのチャイムが鳴り、朔夜が静かに一歩下がる。扉が開くと晃一に「じゃあ、また」とだけ言って降りていった。

従業員が乗り込んできて、朔夜の姿が見えなくなる。心臓がドクドクとうるさいのに、朔夜の声が耳にこびりついていつまでも離れなかった。

＊＊＊

自宅を出ると、朝日が目に眩しかった。

少し怠い体を持て余しながら駅までの道のりを歩き、快晴にそぐわない重たい溜め息をつく。

晃一は昨日、バース性専門病院に足を運んだ。今日は晃一が指名をもらったウェディングパーティーの日だというのに、発情期の兆候が表れてしまったのだ。発情抑制剤のストックが心許なかったので薬を処方してもらってきたが、憂鬱な気分は変わらない。

今日一日、最悪でもパーティーが終わるまで持ってくれればいいが、こればかりは運に任せるしかなかった。発情期になったとしてもこれまで通りに晃一が我慢すればいいだけの話なのだけれど、今回はカクテルショーをすることもあって、できれば万全の状態で挑みたかった。

今朝はまだ暗いうちから目が覚めて、出勤時間よりもだいぶ早く家を出た。パーティーの準備を、元気なうちに済ませておくつもりだ。

タイムカードを切り、着替えをしてパーティー会場に向かうと、まだ早い時間のせいか従業員が数人で椅子やテーブルを移動している最中だった。そして、その中に朔夜の姿があることに気が付いて、心臓がどきりとした。まさかもう朔夜がいるなんて、しかも設営を手伝っているなんて思いもしなかった。スーツの上着を脱ぎ、ネクタイをポケットに入れ腕まくりまでして、率先して動いている。どう考えてもコンサルの仕事の範疇を超えているのに、朔夜らしくて違和感がまるでなかった。

「あ、晃一さん、おはようございます」

「お、おはよう……」

目が合い、朔夜がこちらに近付いてくる。朔夜とは未だにきちんと話ができておらず、気まずい思いを抱えたままだった。朔夜がバーを訪れても接客の域を出ない会話しかできず、かといって朔夜を呼び出して話をすることも躊躇して時間だけが過ぎてしまった。だけど、今日は伝えなければいけないことがあったので朝一で会えたのは幸運だった。

「晃一さん、早いですね。今日は俺も見学させてもらうので、よろしくお願いします」

「五十嵐くん、そのことなんだけど……」

晃一のフェロモンが唯一効くアルファ。もしも朔夜がフェロモンに当てられた場合、朔夜のフェロモンで晃一も使い物にならなくなる可能性が高い。

それに朔夜とセックスをしてしまった時、会わないうちから発情の症状はいつもよりも酷かった。それが近くに朔夜がいたからなのか、それともただの偶然だったのかはわからない。だけど、もしもまたあの時のような強い発情に見舞われたら耐えられる気がしなかった。対策として今日は朔夜との接触は最小限に抑えるべきだった。

晃一の言葉を待つ朔夜と正面から向き合い、体の奥に火を灯されたような感覚に陥る。これが発情期の前兆によるものなのか、朔夜に対する自分の想いがそうさせるのかはわからなかった。

「単刀直入に言うな。実は今日、ヒートになりそうなんだ。だから、極力俺に近付かないで欲しい」

一方的な言い方になったが朔夜はすぐに理解してくれたようで、一瞬だけ驚きの表情を浮かべたあと、わかりました、と頷いた。

「今日、晃一さんが新郎新婦から指名されていることは聞いていました。できるだけ邪魔にならないようにします。カクテルショー、頑張ってください」

「……あ、ありがとう」

会釈して、朔夜はすぐに踵《きびす》を返した。そして設営の従業員に声をかけ、パーティー会場を後にする。あまりにも素早く離れていった朔夜に少し呆気に取られてしまう。だけどこれでひとつ、不安要素を取り除くことができた。朔夜には感謝しなければいけない。

早速バーカウンターに入り準備を進めていると、発情期前特有の頭がふわふわとしていくのを感じ、危機感を覚えた。朔夜と話した直後から始まったのでやはり影響はあるようだった。

ポケットを探り、ピルケースを取り出す。中には二種類の錠剤が入っており、晃一は少し悩んでからオレンジ色の薬を手に取った。

この錠剤はつい最近認可されたばかりだという、オメガ用の新薬だった。昨日訪れた病院で仕事に穴を開けるわけにはいかないことを医者に相談したところ、この新薬はどうかと処方されたのだ。

これまでの抑制剤は発情の症状だけを抑えるものだったが、新薬はそれに加えてフェロモンの放出も抑制するものとのことだ。説明を聞いてもよくわからなかったが、少しでも症状が収まるのならなんだっていい。

まだ発情期が始まっていないタイミングで飲むのはたぶん良くないことだろうが、背に腹は代えられないと縋るような気持ちで新薬を飲み下した。

「晃一さん、おはようございます！　今日はよろしくお願いします」

カウンターの準備が終わりバックヤードで在庫の確認をしていた時、スイングドアから吉井が顔を覗かせた。無意識にぼうっとしていたようで、反応が遅れてしまう。

「……おう、吉井ちゃん、おはよう。こちらこそよろしく」

今日の吉井はハウスキーパーではなく、パーティーの配膳係のピンチヒッターだった。いつもとは違う制服姿の吉井は晃一を見て、はっと息を呑んだ。そして神妙な面持ちで、晃一に駆け寄った。

「晃一さん、大丈夫ですか？　もしかして……ヒート？」

　同じオメガだからなのか、勘が良いだけなのか、瞬時に見破られて苦笑いする。吉井は手に持っていた従業員用のバッグから、ハンカチタオルとペットボトルのスポーツドリンクを取り出した。そしてタオルを晃一の額にそっと当てる。

「凄い汗。まだヒートにはなってない感じですか？　なる直前て体熱くなりますよね。これ使ってください。あとドリンクも。水分補給大切です」

「……ごめんな、心配かけて。でも大丈夫だから」

　ペットボトルを受け取り笑って見せたが、吉井は難しい顔を崩さなかった。そして何やら悩むように百面相をしたあと、両方の拳をぐっと握った。

「晃一さん、私できるだけカウンターの傍にいるようにするから、何かあったらすぐに言ってくださいね。パーティーだから大丈夫だと思うけど、もしもお客さんに飲まされそうになったら、私を呼んでください。代わりに飲みますから！」

　思いがけず大きな声だったのでびくりと肩が揺れたが、吉井の気持ちが伝わるには充分だった。発情期の辛さを知っているからこそ、本気で心配してくれているのだろう。思わず笑ってしまい、吉井の元気を分けてもらえたような気がした。

「ありがとな、吉井ちゃん。でも、薬も飲んだしたぶん大丈夫だ。もし何かあったら、その時はよろしく頼む」

そう言うと吉井にも笑顔が戻り、任せてください、と元気な返事が返ってきた。憂鬱でしかなかった気持ちが少し晴れて、頑張れそうだ。

ふと時計を確認すると、パーティー開始の時間が迫ってきていた。吉井も気が付いたようで、また後で、と慌てて回れ右したところでぴたりと動きが止まった。晃一を振り返り、吉井は躊躇うように間を置いてから口を開いた。

「晃一さんが大変な時にごめんなさい。でも、晃一さんに聞いて欲しいことがあって来たんでした……」

「うん、どうした？」

吉井が言い淀む姿は珍しかった。実は、と前置きして数秒。顔を上げた吉井の頬は赤く染まっていた。

「……私、今日告白しようと思ってるんです」

「え……？」

「そ、それだけなんですけど。晃一さんに聞いてもらったら勇気でるかなって、思って」

「…………、そ、そっか」

「すみません、戻ります！　じゃあ、本当に何かあったらすぐ呼んでくださいね」

飛び出すように吉井が出て行き、バックヤードが静まり返る。吉井の言葉が頭の中でリフレインし、動くことができなかった。

吉井は明言しなかったが、告白する相手とは恐らく朔夜のことだろう。出会いから吉井は朔夜を気にかけていて、最近は連絡先を交換するくらいに仲良くなっていた。バーで話す二人はいつだって楽しそうで、思い返せば思い返すほど、朔夜のことだと確信する。

二人の距離が縮まっていることを知っていたのに、告白すると聞いて動揺している自分がいる。吉井が本気になったとしても何ら不思議ではなく、むしろ自然な流れだというのに、朔夜の気持ちが自分に向いているため吉井とどうにかなることはないと思っていた。無意識だとしてもそんな風に捉えていた自分の傲慢《ごうまん》さがショックでたまらない。吉井と朔夜が並んだ姿をお似合いだと思っていたのは本当なのに、心の底では吉井よりも優位な立場に立っていたのだ。

朔夜は、吉井の気持ちを知ったらどうするのだろう。断るのかもしれないけれど、心を動かされないはずがなかった。吉井のように若く美しく、性格も良いオメガに想いを寄せられて、嬉しくないアルファがいるわけがない。

朔夜の心が離れたとしてもそれは喜ばしいことなのに、どうしても朔夜と吉井が上手くいって欲しいとは思えなかった。自分の想いを自覚している今、吉井の言葉は嵐のように晃一の心を掻き乱した。

「――おい、晃一。そろそろ時間だぞ」

急に声をかけられ、ハッと意識が戻ってくる。スイングドアから昭仁がこちらを覗き込んでおり、怪訝《けげん》な顔をしていた。

「わ、悪い。今行く」

気付けば立ち尽くしていたようで、やはり今日の前兆症状がいつもより強いことを実感する。いつもよりも格段にネガティブな思考になっているのも、発情期のせいなのだろうか。

「どうかしたか、晃一」

「……ヒート、なるかもしれねえ。でも、いつも通り対策はしてるから大丈夫だ」

できるだけ平気なふりでそう言うと、昭仁は渋い顔をした。いつもなら代わりを探してくれるところだが、今日はそうもいかないのを理解してのことだろう。

「そうか……。わかった。無理はすんな」

「ああ、わかってる」

心も体も最悪のコンディションだけれど、バーテンダーとしての仕事だけは投げ出すわけにはいかなかった。今は、目の前の仕事に集中するべきだ。悩むのはパーティーと発情期が終わってから。そう思い直し、胸に渦巻く不安を必死に頭から追い出した。

ウェディングパーティーは和やかな空気の中、順調に進んだ。

晃一が作ったオリジナルカクテルは新郎新婦だけでなくゲストにも喜ばれ、大好評だった。二十名ほどのアットホームなパーティーでそれほど忙しくなかったのは幸いだったが、だんだんと具合が悪くなっていくのを感じていた。

発情期の前兆とは違う、息苦しさと吐き気。これがなんなのかを考える暇はなく、とにかく平静を装うのに必死だった。たまに様子を見に来る吉井には大丈夫だと強がったが、いつものように笑顔を貼り付けていることも辛く、かなりしんどい状態だった。

会食が始まり一時間ほどが経った頃、ゲストの余興が始まったタイミングで晃一は一度バックヤードに下がった。このままではカクテルショーに影響しかねないので、もう一度抑制剤を飲むつもりだった。

ピルケースを取り出し、オレンジ色の錠剤を見た時に、もしかしてこの新薬が体に合わなかったのでは、と思い至った。いつもなら前兆でこんなに具合が悪くなることはないし、他に変わったこともしていない。そう思ったら新薬を飲むことはできなくて、いつもの抑制剤を口に放り込んだ。それから栄養ドリンクを取り出して一気飲みし、大きく息を吐く。

カクテルショーは、まもなく始まる。それまでに少しでも効いてくれればいいのだけれど。

「――晃一さん」

パーティーの歓談の声に紛れ、耳に届いた声に晃一は目を見開いた。振り返るとそこにはやはり朔夜がいて、動揺を隠せない。近付くなと言って了承したというのに、どうしてこんなところに朔夜がいるのか。

「……なんで、」

「晃一さん、大丈夫ですか。ヒートだけじゃなくて、具合悪いですよね。遠目からでもわかりました」

「……っ、近付くなって、言っただろう！」

焦りから思わず大きな声が出たが、朔夜は表情を変えなかった。中に入り、晃一にハンカチを差し出してくる。近付いてこられただけでくらりと目眩を覚えて、危機感が募る。やはり、朔夜は晃一の発情期に大きな影響を及ぼす存在なのだ。

「……約束を破ってすみません。芹沢支配人も手の空いているスタッフもいなくて、晃一さんが中で倒れてたらと思ったら、いてもたってもいられませんでした」

「だからって……、俺は大丈夫だから、早く出て行ってくれ」

「それはできません」

まさか断られるとは思わず、困惑が深まる。朔夜は厳しい表情で晃一を見つめていた。

「汗をかいているのに顔色が真っ青です。相当我慢してますよね。人を呼んできますから、このまま医務室に行ってください」

「そんなことできるか。せっかくの結婚パーティーに指名してくれてんのに、俺の都合で進行に穴を空けるわけにはいかない」

「……だったら、せめてカクテルショーの時間まででも休んでください。本当に倒れたらどうするんですか」

抑制剤を飲んだらすぐにでも戻るつもりだったのに、朔夜は譲らなかった。スイングドアの前に立ちはだかって、どうしても晃一を通してくれそうもなかった。晃一だって、本音を言えば休みたい、だけどそれをしないのは、バーテンダーとしてのプライドに他ならなかった。苛立ちが募り、朔夜に構わずにドアに手をかける。

「晃一さん……！」

朔夜を押し退けようとして、ぐっと腕を引かれてよろけた。本調子ではない今、これだけのことで足を止められてしまうことが悔しくて仕方なかった。

「離せ、邪魔しないって言っただろ……っ」

至近距離で朔夜の匂いを感じ、体の熱が上がった気がした。この匂い、知っている。再会した時と、二度目のセックスをしてしまった時。朔夜から香るこの匂いに、晃一は抗えない。

「晃一さん、お願いです……！」

諦めない晃一に業を煮やし、朔夜に後ろから抱きしめられる。瞬間、うなじの辺りに柔らかいものが触れ、ゾクッした震えが走って体内でずっと蟠《わだかま》っていた熱が弾けた気がした。

「…………っ、あ……っ」

始まってしまった――パーティーの終わりまではと思っていたのに、発情期を迎えてしまったのだ。そして、同時に感じた既視感に、晃一は混乱した。

蘇った、おぼろげな記憶。この感覚は朔夜のマンションでも感じたことがある。うなじに触れる柔らかな感触と、背中に感じるあたたかさ。

ずっと前、二十年前のあの日、晃一はこうして朔夜に抱きしめられたことがあった。幼い頃の朔夜に。

「晃一、さん……？」

ああ、そうだ。晃一が五十嵐家を出て行く少し前の夜。晃一は朔夜にこうして抱きしめられて、うなじを噛まれたのだ。

急に甦った記憶が正しいものなのか、それとも晃一が作り出した妄想なのかはよくわからなかった。けれどすぐに一気に襲ってきた激しい性衝動に呑まれないようにするので精一杯になる。とにかく朔夜から逃れなければいけないと強く思った。

「は、なせ……っ」

震えながら朔夜の腕を振り払おうとしても、朔夜は離してくれなかった。発情期が始まりフェロモンが出たことで当てられてしまったのだろう。このままでは二人共性欲に負けて大変なことになってしまう。どうすればいいかわからずひたすらに抵抗を続けているうちに体を反転させられ、正面から向き合う形になった。

「晃一さん……っ」

必死な形相の朔夜は、やはり正気を保っているとは思えなかった。視線がかち合い、さらに大きな熱が体内で生まれたのがわかった。お腹の奥がきゅうと甘く収縮して、朔夜に犯されたいという気持ちが湧き上がる。

駄目だとわかっているのに暴力的とも言える本能に抗える気がしない。成す術もなく途方に暮れかけたその時、ドアが勢いよく開く音がした。

「おい、何やってる！」

バックヤードに響いたのは昭仁の声だった。次の瞬間、肩を後ろに強く引かれ、よろけたのを昭仁が受け止めた。振り返り昭仁を確認すると、息つく暇もなく後ろに突き飛ばされ、壁に背中が当たる。

「晃一、しっかりしろ！　カクテルショーやんだろ！」

昭仁の言葉に、朦朧《もうろう》としかけていた意識が戻ってくる。昭仁の背中越しに朔夜と視線が合い、振り払うように顔ごと逸らす。

そうだ、今はバーテンダーとしてしなければいけない仕事がある。発情に呑まれている場合ではないのだ。一瞬でも負けそうになってしまったことが悔しくて、力の入らない拳を握りしめる。朔夜の顔は見られないままそれでも気丈に晃一は叫んだ。

「パーティーが終わるまで、俺に近付くな……！」

それだけ言って、バックヤードを出た。裏口から非常階段に出てしゃがみ込むと、深呼吸を繰り返してなんとか落ち着きを取り戻そうと躍起になる。

五分ほど経過すると、苦しいくらいの衝動が少しずつ薄れてくる。直前に飲んだ二度目の抑制剤が効き始めてくれれば、もっと楽になるはずだ。そう思うと少しは希望が見えてきて、思考が侵されないようにレインボーショットの手順を何度も確認した。

朔夜は昭仁が止めてくれるだろうから、追ってくることはないだろう。向き合った時に見えた雄の本能を剥き出しにした顔が頭から離れない。あのまま二人でいたら、きっと何もかもがどうでもよくなってセックスしていたに違いない。そんな選択をしてしまいかねなかったのは初めてで、ショックでならなかった。

だけど今は、感傷に浸っている時間はない。壁に手をついて立ち上がると、もう一度大きく深呼吸する。大丈夫なんとかなる、と自分に言い聞かせ、手櫛で髪を整え乱れたエプロンを結び直した。

会場に戻るとゲストの余興がちょうど一区切りついたところで、出番に間に合ったことに安堵する。バーカウンターに戻ると吉井が駆け寄ってきたので、大丈夫だと頷いて合図した。

司会者が晃一の姿を確認し、カクテルショーが始まる。集まる視線を晃一は笑顔で受け止めた。ショーの最中はとにかく必死で、余裕のあるパフォーマンスを心がけたが傍目にどう映ったかまではわからない。ありったけの力を振り絞って臨んだショーは、大きなミスやトラブルなく終えることができた。

拍手を受けて安心したのと同時に症状が酷くなったのを感じ、晃一は深々と礼をするとそのまま会場を後にした。

ふらつく足取りで裏の通路を進み、たぶん昭仁が来るはずだとその姿を探したが、今自分がどこにいるのかさえわからなくなる。同時に発情の症状とは別の息苦しさに再び襲われて、意識が朦朧としてきてしまった。まだ倒れることはできないと思うのに、もう気力ではどうにもならず、体中の力が抜けていく。

意識を手放す寸前、朔夜が晃一を呼ぶ声が聞こえた気がした。

6

突然の別れだった。

病気だと知った時も、入院することになった時も、明香里は大丈夫なんとかなるよ、と笑っていて、晃一もそう信じて疑わなかった。治療すればまた元通りの生活に戻れる、少し辛抱すればいいだけなのだと。

だから明香里が亡くなった時は、現実を受け止めることができなかった。そんなことがあるわけない。あっていいはずがない。だって、明香里は誰よりも優しく善人で、誰よりも幸せになる権利を持っていた。一緒に幸せになるのだと、幸せにするのだとずっと思っていたのに。

どうして明香里が死ななければいけないのか、どうして自分じゃなかったのか、この理不尽をどうしても受け止めきれず、ある時を境にすべての感情のスイッチが切れたかのように何も感じなくなってしまった。

これから一人でどうやって生きて、何をすればいいのかもわからなかった。ただただ途方に暮れ、明香里を喪った悲しみから逃れられず、機械的に起きて食事を摂り、学校へ行って眠れない夜を過ごすだけの日々が続いた。

ヒメの世話をすることで晃一はまだ動いていられたけれど、ヒメがいなければ何もせずに一人家に閉じこもって駄目になっていたかもしれない。明香里にしか懐いていなかったヒメがよく晃一にくっついてきて、ヒメのぬくもりを感じている時だけが自分が生きていることを確認できていたように思う。

晃一の状態を見兼ねた総介に五十嵐家に連れて行かれてからも、状況は変わらなかった。世話になることを申し訳ないと頭では思うのに感情がついてこず、放っておいて欲しいと感じていた。悲しみの奥底に沈み、誰の言葉も優しさも、その時の晃一には届かなかった。

朔夜とは引っ越した初日に顔を合わせて以降、まともに接した記憶がない。もしかしたら何かしらのやり取りはあったのかもしれないが、その頃の記憶は曖昧でよく覚えていない。一緒に暮らしていたとはいえ、晃一は学校へ行く以外の間ずっと部屋に引きこもってヒメと過ごしていたから。

そして、明香里の四十九日が終わり、少し経った頃。

その日はとても寒く、窓から覗く夜空には星が瞬いていた。晃一は電気もつけずに窓辺に座り、ぼんやりとこれからのことを考えていた。高校卒業を目前に控え、このままでいてはいけないという思いがようやく芽生え始めたのだ。

けれどこれから前向きに生きていくことは想像できず、先の見えない不安と向き合わなければいけない事実に晃一は静かに絶望していた。

その時、扉が開く気配と共に廊下の灯りが晃一の足元に差し込んだ。ヒメが行き来するために扉は常に半開きの状態にしてあったので、ヒメが戻ってきたのだと思った。直後に背中に感じたあたたかな重みに、暗く沈んだ場所にあった意識が浮上した。

振り返ると、そこには朔夜がいた。晃一に背中にしがみつくように抱きついている。最初は朔夜の意図がわからず戸惑ったが、じっと晃一の目を見つめていた朔夜に頭を撫でられて、もしかして慰められているのかと思い至った。

小さな手の平は心地良く、晃一は黙ってそれを受け入れた。すると朔夜が晃一の正面にまわり、くまのぬいぐるみを差し出してきた。それは朔夜が常に持っていたもので、朔夜の宝物であることは想像に難くなかった。それを晃一にくれるという朔夜の気持ちを思ったら、久しぶりに胸にあたたかなものが生まれた気がした。

そこで思い出したのは、晃一が五十嵐家に来てから続いていた、部屋の前にぬいぐるみやおもちゃが置かれていること。ヒメが朔夜のものを勝手に持ってきているのかと思いリビングに戻していたのだけれど、もしかしたらあれは朔夜が晃一に貸してくれていたのかもしれない。深く考えていなかったけれど、今までヒメがおもちゃをどこか特定の場所に運ぶなんてことはなかったから。

二ヶ月の間、ずっと朔夜は晃一のことを心配してくれていたのだろうか。でも、それもそうかもしれない。あからさまに悲しみに浸って触れるなという空気を出している存在が家の中にいたら、気にならないわけがない。まだ五歳の子供に気を遣わせてしまったのだ。

「……ごめんな。でも、大丈夫だから」

くまのぬいぐるみを差し出す朔夜にそう言うと、朔夜は黙ってさらにぬいぐるみを押し付けてきた。顔にくまが当たり仕方なく受け取ると、朔夜はまた晃一の頭を撫でた。

晃一を励まそうとする懸命な姿に、ずっと何も感じなかった心がざわざわと騒ぎ出す。朔夜の優しい手付きに胸がいっぱいになっていき、自分でも気が付かないうちに涙が溢れていた。悲しくて、あたたかくて、切なくて、苦しい。

声もなくぼろぼろと泣く晃一に朔夜は驚いた顔をして、小さな手で何度も涙を拭った。涙は止まらず、やがて嗚咽が漏れ始め、晃一は幼い子供のように号泣した。

明香里が死んでから、初めて流した涙だった。ずっと泣けず、ただひたすらに苦しくて、息ができなかった。心の奥にずっと押し込めていた感情が溢れ出し、涙と共に流れていく。

朔夜がぎゅっと晃一の首にしがみつき、抱きしめてくれるのがまた涙を誘った。

どれくらい泣いただろうか。ようやく涙が止まると朔夜は晃一の顔をそっと覗き込んできた。冷静さを取り戻しつつあった晃一は羞恥を覚えたが、薄暗い中でもわかる朔夜の夜を切り取ったような瞳があまりにも優しく綺麗だったので、つい見惚れてしまった。

「……元気が出る、おまじないだよ」

朔夜がそう言い、晃一の頬を両手が包み、額に唇を押し当てる。その柔らかな感触がキスだと理解するのに数秒かかった。続けて朔夜はまぶた、眦《まなじり》、鼻先、頬、そして唇へと順番にキスを落としていく。晃一はされるがままに受け入れた。

唇へのキスの後、朔夜はもう一度晃一の顔をじっと見つめた。そしてまた首に腕をまわし、晃一の体を引き寄せてうなじに噛み付いた。

オメガのウィークポイントであり、アルファに噛まれれば番になってしまうそこ。昔からうなじを触られるのは誰が相手でも苦手だったのに、その時はまったく抵抗がなかった。むしろ心地良く、何度も噛み付いてくるのが不思議と嬉しく思えて、朔夜の好きにさせた。朔夜がアルファだとは聞いていたけれど、子供であり慰めてくれているのだとわかっていたからだと思う。朔夜が小さな子供だということを忘れそうになるくらい、心ごと抱きしめられた気がしていた。ヒメを抱くことでしか確かめられなかった自分の存在が、朔夜が触れたことによって輪郭《りんかく》を取り戻していく感覚。あの時の気持ちをどう言い表せばいいのか、わからない。

五十嵐家を出て行こうと決めたのは、その直後。

朔夜のおかげで自分の心の在処《ありか》を知り、総介の大きな優しさにようやく気付くことができた。少し冷静になった頭で、これ以上迷惑はかけられないと思った。

総介にとって晃一は他人であり、これほどまでに良くしてくれる理由は明香里だけなのだ。明香里が亡くなった今、いつまでも甘えることはできない。

それに、総介も朔夜もアルファで、晃一はオメガだ。今はまだ発情期を迎えていない状態だからいいものの、遠くない未来に絶対に面倒をかけることになる。それがわかっているのにいつもまでも傍にいることは許されない。優しい二人の負担にはなりたくなかった。

高校卒業後は調理師の専門学校に通うことが決まっていたけれど、学費を払うことは難しいと判断し、辞退した。晃一は料理人になりたかったわけではなく、手に職をつけるためだけの選択だったので未練はなかったのだ。きっと総介は晃一の学費を負担してでも反対するだろうから、黙っていた。

五十嵐家を出たのは卒業式の夜。明香里が高校は絶対に卒業して欲しいと言っていたから、卒業式だけは出なければという気持ちがあった。

ヒメを連れて行くつもりだったのに拒否され、結局晃一は一人で旅立った。

明香里との思い出がある場所から離れたくてできるだけ遠くを目指したが、一度だけ総介に捜し出されたことがあった。まだ十八歳の晃一を総介が放っておくはずもなく、一緒に帰ろうと説得されたが、絶対に戻らないことを伝えると総介は悲しげな顔をしながらも晃一の意思を尊重してくれた。

当時は気付けなかったけれど、総介は晃一が二十歳になるまでの二年間、住み込みで働いていた居酒屋に生活費を振り込んでいてくれた。アルバイトのオメガにしては待遇が良いと呑気に考えていたが、店を辞める時に店長から聞かされ胸が詰まった。まだ子供だった晃一には何も見えていなかっただけで、ずっと見守られていたのだ。

それから晃一は居酒屋で働いた経験を活かせるバーテンダーを志し、一人前になるために奮闘《ふんとう》しながら、少しずつ総介にお金を返していった。手紙に近況とお礼を書きしばらく文通が続いたが、お金を返し終わった時から連絡を取ることをやめた。総介を自分に付き合わせる理由がなくなってしまったからだ。

五十嵐家を出てから二十年。もう当時のことを思い返すことはなくなっていたのに、朔夜が目の前に現れた。そして、ずっと忘れていたことを思い出した。

晃一にとって、総介も朔夜も大切な存在だ。二人がいなければ晃一は後悔ばかりの悲惨な人生を送っていたと思う。

＊＊＊

バース性専門病院を出てすぐ、晃一は盛大な溜め息を我慢できなかった。

天気の良い昼下がり、気分転換に昼食を調達して公園かどこかで食べようと考える。ずっと部屋に引きこもっていたから、太陽に当たるのが心地良かった。

ウェディングパーティーでのショーの後に倒れてから一週間。発情は収まり、すっかり体調は良くなっていた。立ち寄ったハンバーガーショップで大量の注文をしてしまうくらいには食欲があり、調子が良い。大きな紙袋を持って近くの公園まで行き、思い切り頬張るハンバーガーは美味しかった。

三つめのハンバーガーを食べ終わった時、ポケットでスマホが震えた。画面を見ると昭仁からの着信で、すぐに通話ボタンをタップした。昭仁へ明日から出勤できると連絡を入れるつもりだったので、ちょうど良かった。

『おう、晃一。生きてるか』

「ああ、一応な。今日電話しようと思ってたんだ。明日から行ける」

『そうか。そりゃ良かった』

ぶっきらぼうな言い方だが、昭仁が自分の用件も言わずにいの一番に晃一の心配をしてくれるなんて珍しいことだった。だけどそれもそうだろう。晃一は倒れて救急搬送までされてしまったのだから。

『それでよ、スタッフからワインサーバーが壊れたって言われたんだけど、予備って確かあったよな』

「ああ、あるある。備品室の奥の方に追いやられてた気がする。急ぎなら今から行くけど」

『いや、いい。今日は休んでろバカ』

「バカってなんだコラ。今ちょうど病院帰りで近くにいんだよ。だからちょっと寄っていくだけだ。それならいいだろ」

そういうことなら、と昭仁が納得したので、晃一は公園を後にする。昭仁には出勤のこと以外にも話したいことがあったので、会って話せるならそれに越したことはなかった。

ホテルへ着き真っ直ぐに備品室に向かう途中、ランドリーワゴンを押す吉井と鉢合わせした。吉井は晃一の顔を見るなり「晃一さんっ」と叫び、ワゴンそっちのけで駆け寄ってきた。パーティー以来だったので、心配してくれていたのだろう。

「もう大丈夫なんですか？　私、あの時晃一さんが具合悪いの知ってたのに何もできなくて、本当にごめんなさい」

「えっ、吉井ちゃんが謝ることなんか何もないぞ。俺の体調管理の問題だから、むしろ心配かけた俺のほうが謝らないと。それにこの通り、もう元気だから」

「よ、良かったあ……。いつもの晃一さんだ」

心から回復を喜んでくれている姿に、自然と頬が緩む。パーティーの日もずっと気にかけてくれていた吉井は、本当に良い子だ。少しだけ明香里に似ている、と密かに思う。

備品室とリネン室は同じ方向なので、途中まで一緒に行くことにした。歩きながらウェディングパーティーがつつがなく終わったことを聞き、ほっと胸を撫で下ろす。昭仁に聞こうと思っていたのだけれど、おしゃべりな吉井が当日の会場のことを事細かに教えてくれたので、改めて聞く必要はなさそうだった。

リネン室に着き、吉井が「じゃあまたバーで」と言うのに笑顔で頷く。すると吉井が少しだけ躊躇うような仕草を見せたので、晃一は立ち去らずに待った。

「どうかしたか？」

「あ、はい。あの……、あの日に私、告白するって言ったじゃないですか」

「ああ……、うん」

吉井の表情に、言いたいことを察する。きっと、朔夜に告白したに違いない。

「当日は無理で、三日前に気持ちを伝えたんですけど、見事にフラれてしまいました」

「……そうか」

どう言葉をかければいいか迷っていると、俯き加減だった吉井が顔を上げる。その瞳が悲しみに暮れるでも憂《うれ》いに満ちるでもなく、燃えているように見えて晃一は面食《めんく》らった。

「でも、私諦めません。良い女になって、もう一回告白しようと思ってます！」

次が駄目でも、その次がある。そう続けた吉井はお世辞抜きに綺麗だった。なんて吉井らしいのだろう。あまりにも純粋で眩しくて、胸の奥がきゅっと締め付けられる心地がした。きっと、吉井ならいつか朔夜のことを振り向かせることができる。そう確信する。

「そっか。応援する。吉井ちゃんならきっと大丈夫だ」

「晃一さんにそう言ってもらえるの、凄く嬉しい……！　私、頑張ります」

笑顔で吉井と別れ、備品室で従業員とワインサーバーを探し出した後、向かったのは支配人室だった。ノックをして扉を開けると、デスクでパソコンに向かっていた昭仁が顔を上げた。

「ワインサーバー見つかった。連絡ありがとな」

「いや、こっちこそわざわざ悪かったな。体調はどうだ」

「おかげさまで、もうなんともない。ご迷惑をおかけしました」

デスクの前まで進み深々と礼をすると、昭仁が立ち上がろうとしたのでそのままで、と合図する。椅子に座り直した昭仁に、晃一は病院で言われたことをそのまま話した。

「あの時倒れたのはな、自分のせいだった。自業自得ってやつ」

「どういうことだ？」

「言い訳のしようもない。薬の飲み合わせだ」

晃一が倒れた大きな原因は、通常の抑制剤と新しく処方された薬を時間を置かずに服薬したせいだった。薬剤師から同時に飲んではいけないと説明があったはずなのに、パーティーのことで頭がいっぱいだったせいかすっかり忘れてしまっていた。

しかも晃一は新薬が体に合っていなかったにもかかわらず追加で抑制剤を飲み、それに加えて一緒に流し込んだ栄養ドリンクも相性が良くなかったらしい。発情の症状を抑えようとしてやったことが、すべて裏目に出た結果だったのだ。

晃一の話を聞き、昭仁はなんだか妙な表情をしてから大きな溜め息をついた。そして小さな声で「病気とかじゃなくてよかったよ」と言ったので晃一は反省を深めたのだった。

それからもうひとつ。医者に聞いてきたことがあった。晃一が本当に昭仁に話したいことは、こちらだった。

「………五十嵐くんのことなんだけど」

　昭仁がうん、と相槌を打つ。本当は昭仁に話さなくてもいい内容だ。だけど、どうしても誰かに聞いて欲しかった。ずっと不思議で晃一の人生において足枷だった、フェロモンがアルファに作用しない原因がわかったのだ。

「二十年前に、俺達が会ってたことは話したよな。倒れた日に思い出したんだ。俺は、小さい五十嵐くんにうなじを噛まれたことがある」

　通常、番になるには性交時にアルファがオメガのうなじを噛む必要がある。だけどごく稀に、性交無しでも番関係になってしまうことがあるらしかった。

　パーティーの日、朔夜に抱きしめられてうなじに唇の感触を感じた時に思い出した二十年前の記憶。どうしても気に掛かり、医者に訊ねてみた。医者は話を聞き、悩んだあとに疑似的な番関係になった可能性がある、と言った。発情期を迎えていないオメガと子供のアルファでもそんなことがあり得るのかと問いただす晃一に、医者はバース性については解明されていないことが多いから無いとは言い切れない、と言葉を濁した。

　だけど、その瞬間にすべてが腑《ふ》に落ちた気がした。

　晃一と朔夜、お互いが他者のフェロモンが効かないこと。そして、まるで番のようにお互いだけのフェロモンが効くこと。疑似的な番関係だからと考えれば納得がいく。朔夜とは運命でもなんでもない。ちゃんと、理由があったのだ。

「……だから、惹かれて当然だったんだ。五十嵐くんの好意はきっと、フェロモンとか番関係に引っ張られてただけだ」

自分に言い聞かせるように言い、言葉にしたことで胸に突き刺さった心地がした。朔夜に好かれて柄にもなく浮かれていたことを、全部忘れてしまいたいと強く思う。

「晃一、お前……」

「悪い、こんな話して。でも、事情を知ってんのは昭仁だけだったから、言いたかったんだ。心配しなくても、解決策もちゃんと聞いてきた。だから、直に五十嵐くんの目も覚める」

長年の謎が解け、喜ばしいことのはずなのにちっとも嬉しいという感情が湧いてこない。ほっとしたような落胆したような、奇妙な気持ちを持て余している。妙に落ち着いているのは、心のどこかでずっとこんなにも自分に都合の良い話があるわけがないと、わかっていたからだ。

「こんなおっさんに振り回されて、五十嵐くんも災難だったよな。悪いことしちまった」

昭仁は眉間にしわを寄せ難しい顔をした。やがて、困ったように片眉を下げ、溜め息をつく。

「さっきから、五十嵐くんの気持ちばっかだな。お前はどうなんだよ、晃一」

「………、俺？」

虚《きょ》を衝《つ》かれ、何も言うことができなかった。医者に話を聞いてから考えないようにしていたのに、どうしてそんなことをわざわざ聞いてくるのだろう。昭仁なら絶対にわかっているくせに。心の奥で、これ以上ないほど傷付いている自分を認めるのは怖かった。

黙り込むと、昭仁は背もたれに深く背を預けて小さく息を吐いた。後ろ頭をかきながら、晃一を真っ直ぐに見つめる。

「お前倒れた時のこと、覚えてるか」

「……いや、ほとんど記憶にない」

「あの時、真っ先に晃一に駆け寄ったのは、五十嵐くんだった」

「………」

昭仁の意図が読めず、晃一は戸惑う。確かに意識が途切れる直前に朔夜の声が聞こえた気がしていた。だけど、フェロモンが効く状態の朔夜が近くにいたとは思えないので、夢や幻聴《げんちょう》だと思っていた。

「焦ったよ。そのまま襲いかかりそうな勢いだったからな。でもそうじゃなくて、普通に頭を打たねえように支えたって感じだったから、逆にビックリした」

アルファのみが知る、オメガのフェロモンに惑わされた時の抗えない本能。昭仁がバックヤードに来た時、朔夜は完全にフェロモンに当てられていたらしい。けれど、カクテルショーが終わって倒れた晃一を支えた時の朔夜は理性をきちんと保っていたとも言っていた。

昭仁が驚いている間に朔夜は晃一を抱き上げ、救急車をお願いしますと叫ぶように言った。その時の朔夜の形相はあまりにも必死で、額に脂汗《あぶらあせ》を滲ませている様子からギリギリのところを耐えているようだったと。

救急車に晃一と乗り込むまでの間、朔夜は何度か自分の腕に噛み付いていたらしい。噛み付いた箇所のシャツには血が滲んでおり、恐らく晃一が倒れるよりも前から噛み付くことで衝動を逃がしていたのだろうとのことだ。

自分にはおおよそ真似のできない芸当だ、と昭仁は笑った。

それが本当だとしたら、朔夜は晃一の様子がおかしいことを気にし、本能に抗ってまで見守っていたということだ。

「お前らを引き剥がしたあと、五十嵐くんはお前の体調をしきりに気にしてた。本能よりも心配が勝つなんてことあんのかって、今でも信じらんねえよ」

「…………」

「ま、これは雑談てことで」

冗談ぽく話を終わらせるが、運命じゃないとわかった今、こんな話をする昭仁は残酷だ。心の中を無遠慮に掻き乱された気がして怒りすら湧いてくる。けれどその怒りはすぐに悲しみに変わり、晃一はぐっと唇を噛み締めた。

悲しいのは、昭仁の話を聞いて喜んでしまっている自分だ。朔夜に想われることがまだ嬉しいと感じる自分はなんて惨めなんだろう。

その時、支配人室の扉をノックする音が響いた。昭仁がどうぞ、と言うと中に入ってきたのは朔夜だった。このタイミングで顔を合わせるなんて思っていなくて、一瞬息が止まった。朔夜は晃一を確認すると、「晃一さん」と呟いて瞠目する。

朔夜は昭仁に一礼したあと、晃一に駆け寄ってくる。顔を見ることができず、朔夜の足元に視線が落ちる。

「晃一さん、もう大丈夫なんですか。心配しました」

心からの言葉だとわかるから、胸が痛かった。応じることができずに晃一は昭仁のほうを見た。そして静かに覚悟を決める。近いうちにきちんと話すつもりだったのが、少し早まっただけだ。

「――五十嵐くん、借りてもいいか」

「お好きにどうぞ」

了承を貰い、晃一はようやく朔夜を見る。朔夜は戸惑った表情を浮かべ、けれどしっかりと晃一を見つめ返した。

「話がある。少し時間をくれ」

頷いた朔夜を連れ、向かったのは屋上。

扉を開けると清々しいほどの青空が広がっていて、自分の心境との落差になんだか虚しい気持ちを覚えた。朔夜を振り返り、晃一はまず頭を下げた。

「倒れた時のこと、ありがとう。昭仁から助けてもらったって聞いた」

「い、いいえ。あの時は必死で、自分のできることをしただけです。それよりも、お体はもう大丈夫なんですか」

「ああ、もうなんともない」

晃一の言葉にほっとした表情を浮かべ、朔夜は「よかった」と呟く。朔夜が口を開きかけたのを遮《さえぎ》るように、晃一は話し始めた。

「――簡潔に言う。もう、俺に構わないで欲しい。その必要はないんだ」

「…………え？」

朔夜が目を見開き、絶句する。そしてすぐに厳しい表情に変わり、困惑を露わにした。

「……それは、必要はないって、どういう意味ですか」

「前に、お前は運命だと思うって言ったよな。でも、フェロモンがお互いにしか効かないことには、ちゃんと理由があった。運命じゃないんだ、俺達は」

「そんなことが、どうしてわかるんですか」

納得できないと、言外に滲ませていた。だけど、信じたくなくても現実は変えられないのだ。

「本当は、もっと早く話すべきだった。悪かったと思ってる。お前が俺のことを知るもっと前に、俺達は会ってるんだ」

「……え？」

「お前は小さかったから覚えてないみたいだけど、俺は五歳のお前にうなじを噛まれたことがある。……それを、この間思い出した。俺達は疑似的な番関係になっていて、それが原因でお互いにしかフェロモンが効かない状態だったんだ」

朔夜の動揺が手に取るように伝わってくる。それも当然だろう。朔夜にとっては寝耳に水以外の何物でもないだろうから。

「少しも覚えていないか、俺のこと。二十年前、俺の姉がお前の父親の会社に勤めていた縁で、二ヶ月くらい世話になった。ヒメも、その時一緒にお前の家に行った」

「……、ヒメ……？」

「親父さんに……、総介さんに聞いてみればいい。たぶん、俺を覚えていてくれてると思う」

総介の名前を出したことで朔夜の顔色が変わり、晃一を見つめる瞳が揺れる。思い出せなくても、きっと信じるには充分なはずだ。

「黙っていて本当に悪かった。今までのこと、無かったことにはできないけど、どうか忘れて欲しい」

頭を下げると、朔夜が「やめてください」と当惑した声を上げる。朔夜は見たこともない悲痛な顔をしていた。頭の良い男だから、晃一の話が嘘ではないとわかるのだろう。晃一の本気の拒絶も。

今すべてを理解することができなくても、いつかわかる日がくる。だから、晃一がやるべきことは、きちんと引導を渡してやることだった。

「よく聞いてくれ。疑似的な番は繋がりが弱くて、どっちかが本来のやり方で番を作れば自然と解消されるものらしい。……要は、本物の番を作ればいいってことだ。そうしたら、俺もお前も、自由だ」

顔を見てしまったら情けなく表情を崩してしまいそうで、晃一は視線を下げ、朔夜の顔を見ないようにした。これでいい、と自分に言い聞かせ、胸の痛みには気付かないふりをする。

「……話はそれだけだ。時間とらせて悪かった」

そのまま朔夜の横をすり抜け、屋上を後にする。一刻も早く朔夜から離れ、一人になりたかった。

ホテルを出て、日が傾きかけた街をあてもなく歩き続けた。何も考えたくないのに頭の中を巡るのは朔夜のことばかりで、自分の諦めの悪さに呆れを通り越して笑えてしまう。再会してからのことが、まるで夢だったように感じる。

ずっと番を探し続けていて、自分を好きになってくれる人なんてもう現れないのかもしれないと諦めかけていた。そんな時に朔夜と出会い、この人に出会うために今まで独りだったのかもしれないなんて、まるで夢見がちな少女のように感じた。だけど運命なんて最初からなかったのだ。朔夜に求められ必要とされることが嬉しくて、拒むことができなかったのは晃一の弱さだ。もっと早くにすべてを話していれば、こんな苦しい思いをしなくて済んだかもしれないのに。

だけど、何故だろう。どうしても、朔夜と再会しなければ良かったとは思えない。朔夜に見つめられると嬉しくて、まるで初恋のように胸が躍って全身が喜びに溢れていくような感覚がした。年甲斐もなく振り回されてばかりだったけれど、どうしようもなく心が震えて仕方がなかった。

この気持ちも、擬似的にでも番になったせいなのだろうか。そうだとしても、晃一はきっと朔夜と過ごした日々をずっと忘れることはない。それほどまでに、鮮烈だった。この気持ちは、紛れもなく恋だった。

夕日が沈み星が見え始めた頃、晃一はようやく足を止めた。どれくらい歩いたのか、へとへとで今すぐにでもベッドに潜り込みたい気分だった。これだけ疲れていれば、きっと夢も見ない。何も考えずにとにかく眠りたかった。

朔夜が最後に見せた顔が、頭から離れない。晃一を好きだと言って憚らない朔夜が初めて見せた、悲壮感に満ちた表情。

でも、朔夜ならきっとすぐに似合いの番を見つけ、幸せになれる。それは吉井かもしれないしそうではないかもしれないけれど、晃一でないことは確かだった。できれば、晃一の知らないところで笑っていて欲しいと切に思う。

家に辿り着き、真っ直ぐにバスルームへ行き髪もろくに乾かさずにベッドに倒れ込んだ。すぐに襲ってきた睡魔に身を任せながら、ヒメを愛してくれてありがとうと伝えるのを忘れたな、と考えた。

7

朔夜が晃一のことを知ったのは、大学三年の夏だった。

朔夜はちょうど父親である総介と喧嘩《けんか》をしたばかりで、気が滅入っていた時期だった。男手ひとつで自分を育ててくれた父を朔夜は尊敬しており、小さな頃から父のようになりたいと思っていた。そんな総介と初めて言い合いになり、けれど朔夜にも譲れないことがあって和解することができないでいた。

憂鬱な気持ちのまま授業を受けていたある日、友人がスマホで見ていた動画がたまたま目に入った。飲食店のような場所で、服装の派手なおじさんが一人で何やら喋っているライブ配信。授業中に何を見ているのだと呆れていた時、画面を覗き込むようにして男が現れた。横から見ていたせいで顔ははっきりとわからなかったけれど、懐かしいような胸が切なくなるような感覚に襲われたのを覚えている。男はこちらに手を振ると後ろのバーカウンターに移動し、カクテルを作り始めた。

それが、朔夜が晃一を初めて認識した瞬間だった。

　何故か無性に気になって、授業が終わってからすぐ友人に動画の詳細を訊ねた。それは友人の地元である北海道のカフェバー『スノウドロップ』の店長が趣味でやっている、地元民向けの超ローカルチャンネルとのことだった。友人が過去にバイトをしていた思い入れのある店のようで、朔夜が何か言う前にいろいろと説明してくれた。

　良かったら見て欲しいとチャンネルのURLまで送ってくれて、朔夜は早速動画の一覧から男の姿を探し、この人のことが知りたいと友人に訊ねた。

　男はコウイチという名前のバーテンダーで、残念ながら友人とは働いていた時間帯が違っていたので詳しいことまではわからないとのことだった。けれど、たまに顔を合わせた時はきさくに話しかけてくれる綺麗なお兄さんという印象で、バイト仲間からの人気は高かったらしい。

　晃一から目が離せずスマホの画面を凝視していると、友人が予想外のことを話し出した。それは晃一がオメガであること、そして番がいるわけでもないのに誰にもフェロモンが効かない体質ということだった。

　その時の衝撃は忘れられない。自分と同じような境遇の人がいることを、朔夜はその時初めて知ったのだ。

　朔夜はアルファでありながら、これまでオメガのフェロモンに反応したことがなかった。

オメガに言い寄られても何も感じないのだ。高校生の頃まではまだアルファとして成熟しきっていないのかもしれないと思っていたが、二十歳を超えた辺りから個人の問題であることに気付いた。

それを確信したのが、大学の教室でオメガが発情した時だ。アルファの友人達が突然教室を飛び出していった直後、オメガの生徒が倒れ、その場は軽いパニック状態になった。体には何の異変もなく、発情したオメガの姿を見てもそれは変わらなかった。フェロモンらしき甘い匂いはわかるのに、アルファの友人が言うオメガが欲しくてたまらなくなる抗えない衝動というものが、朔夜には一切起こらなかった。

自分がアルファではなくベータなのではないかと疑いを持ち、バース性専門病院で診てもらったりもしたが、朔夜は間違いなくアルファであり、フェロモンが効かない理由は不明だと言われてしまった。ネットや本で調べてみても、番がいる以外でフェロモンが効かないという事例は少なく、あったとしても原因がわかっているものばかりですぐに行き詰まった。

このことは朔夜の密かな悩みとなり、誰にも話すことができなかった。アルファとして不完全なことは朔夜のコンプレックスで、友人にも総介にも知られないようにしてきたのだ。

だからこそ、晃一の話を聞いた時の衝撃は大きかった。晃一はフェロモンが効かないことを秘密にするどころか公言していた。晃一はオメガである自分がバーテンダーとして働けているのはフェロモンが誰にも効かない体質のおかげだと、自身の欠陥を恥じるどころか強みにしていた。

そんな風に思えることが信じられず、自分にはできないことだと思うとますます興味を惹かれ、晃一を知りたいという気持ちが大きくなった。

その日から朔夜はスノウドロップのチャンネルの視聴者となった。朔夜が店に関心を示したことを喜んだ友人が店の住所を教えてくれたが、東京からは遠く、授業や部活に勤しんでいた朔夜が足を運ぶ機会は訪れなかった。

それに、晃一に会ったとして何になるのだろうという思いが大きかった。朔夜が晃一に一方的に親近感を覚えているだけのことであり、同調してもらったり慰めてもらいたいわけではない。だから別に直接会う必要はないと感じていた。ただ気になってしまうので動画だけは見ており、この時はきっと憧れやファンのような気持ちだったのだと思う。

スノウドロップの動画やライブ配信を見ることが日課になってきた頃、朔夜は総介と大きな喧嘩をしてしまった。

原因は、朔夜の大学卒業後の進路のことだ。朔夜は父が経営する商社を自分が継ぐものだと、何の疑問もなく思っていた。そんな話を子供の頃から総介にしていたし、会社を大きくすることがずっと朔夜の夢だった。

けれどある時、総介が唐突に朔夜に会社は継がせないと言ったのだ。就活が始まる時期に言われたことで朔夜は驚き、言い合いになった。理由を聞いても総介は継がせないの一点張りで、真面目に取り合ってもらえず思い悩む日々が続いていた。

そんな時に総介から卒業後の進路を訊ねられたことでまたもや喧嘩になり、引くに引けなくなってしまった。そして言い合いの中で総介が「家を出て、早く良い番を見つけろ」と言ったことで、朔夜は大きなショックを受けた。父親にとって自分は必要なく、早くいなくなって欲しい存在なのかと。

言葉が出てこず、その場から逃げ出すことしかできなかった。総介に厄介者だと思われていたことが悔しく、そして悲しかった。

数日の間、友人の家を転々とする日が続いた。総介からの愛情を疑ったことはなかったが、実はそうでなかったかもしれないと思うと顔を見るのが怖くなってしまった。自覚はなかったけれど、自分にとっての父親の存在の大きさを思い知らされて気持ちは落ち込む一方だった。それから総介が言った「早く番を見つけろ」という言葉。オメガのフェロモンを感じることができない自分に番を見つけることなんてできる気がしなくて、余計に朔夜を辛くさせた。

友人の家で無気力に寝転がっていた時。スマホの通知を知らせる音で、ぼんやりとしていた意識がハッと覚醒した。画面を見るとスノウドロップのライブ配信が始まったお知らせで、無意識に配信画面を開いていた。

いつも通り派手な服装の店長の挨拶で始まり、奥のカウンターに晃一が見える。居た、と思ったら店長の話は入ってこず、小さく映る晃一を必死に目で追っていた。もっと晃一の顔が見たい――そんな風に思って、朔夜は初めてコメントを書き込むことにした。

その日は店長の思い付きでお悩み相談コーナーをしており、朔夜は衝動的に将来の不安と、そのことで父親と確執ができてしまったことを新月という名前で投稿した。もともと視聴者数の少ない配信の中で朔夜の長文コメントは目立ち、店長はすぐに拾ってくれる。店長が相談内容を読み上げ、重い内容に何やら困っている中、朔夜はもうひとつコメントを書き込んだ。

『コウイチさんの意見も聞きたいです』

それを見た店長が振り返って晃一を呼び、カウンターから移動してきた。自分で指名したというのに、スマホを持つ手が緊張で震えた。

晃一はコメントを読み、何故か「そうかあ」と笑った。続けて「新月さんは、親父さんのことが大好きなんだな」と思いがけないことを言った。

　店長が「答えになってないよ」と言い、晃一は数秒考え込むような顔をする。そしてたぶんだけど、と前置きしてこう言った。

「親父さんは、新月さんに好きなことをして欲しいんだと思う。自分の後を継がせることで、新月さんの将来を縛りたくないんじゃないかな」

　そして、自分にも姉がいて、昔生活が苦しかった時に中学を出たら働きたいと伝えたらそれだけは絶対ダメだと怒られ、揉めたことがあると話してくれた。大人になった今は姉の気持ちが少しはわかるようになり、きっと親父さんも同じような気持ちなんじゃないかと思ったと。

「会社を継がせたくないんじゃなくて、無理に継ぐ必要はないってことなんじゃないかな。番のことも、幸せになって欲しいって意味だと俺は思う。まあ、何より話し合うことが大切だよ。家族でも伝わってないことってあるから。新月さんが好きなお父さんを信じて、頑張って」

　画面の中で、晃一が笑う。そして「大丈夫、なんとかなる」と拳を握り締める動作をしてからカウンターに戻っていった。

　晃一の答えは、恐らくごく平凡なものだった。けれど今の朔夜が見失っていた尊敬している総介の力になりたい、という幼い頃からの気持ちを思い出させるには充分だった。晃一の言葉通りなら、総介の言動がすべて腑に落ちる。愛情深く育ててもらったという自覚があるからこそ、急に突き放された気がしてこんなにも思い悩んでしまったのだ。

いてもたってもいられなくなり、一週間ぶりに家に帰った。そして改めて話し合い、晃一の想像通りの気持ちを総介から聞くことができた。和解するのと同時に朔夜は自分を見つめ直す機会を得て、将来のことを真剣に考えるようになった。

結局、朔夜は経営コンサルタントになる道を選んだ。商社を継ぎたいというよりは、助けになりたいという思いが強いことを自覚したからだ。

ゆくゆくは総介の会社のコンサルタントになりたいと伝えたところ、総介は盛大に笑ってから「好きにしろ」と言った。笑われても、呆れられても、それが正真正銘朔夜のやりたいことなのだ。

そして大学四年の秋、朔夜は第一志望のコンサルティングファームから内定をもらった。夢への一歩を踏み出し、頭に思い浮かんだのは晃一だった。晃一の言葉をきっかけにすべてが上手く運び、ここに立っている。晃一に会うために飛行機に飛び乗ったのは、完全に衝動的なものだった。お礼を言いたかったのと、自分がオメガのフェロモンが効かない体質であることを初めて誰かに打ち明けたいと思った。

緊張しながら辿り着いたスノウドロップ。けれど、晃一の姿はもうそこにはなかった。つい一週間前の配信には姿を見せていたのに、すでに退職した後だった。

店長に行方を訊ねてみたが個人情報は教えられないと謝られてしまい、そこで晃一に会う手段は断たれてしまった。自分のタイミングの悪さに落胆したけれど、きっと縁がなかったのだと割り切ることにした。

目的を失い、なんとなく北海道の観光地を一人で巡りながら、コウイチさんのカクテル飲んでみたかったな、と何度も考えた。そして少しずつ、晃一への憧れが恋だったことを自覚していった。

最初はただ気になった。懐かしいような感覚と共に晃一から目が離せなくなり、どうしようもなく興味を惹かれた。動画を見ていくうちに見た目と違って意外に明け透けな性格を知り、親近感を持つのと同時に人として好意を持った。カクテルを作る姿は綺麗の一言で、流れるような動作はいつまでも見ていたくなるほどだった。晃一の笑顔を見ると心があたたかくなり、自分もいつの間にか笑っている。そんな自分が嫌いではなくて、動画を見ている時間は朔夜にとって癒しとなっていた。

晃一のことを別世界の住人のように感じていたけれど、スノウドロップを訪れたことで確かに生きて存在していたことを確認してしまった。それと同時に失恋を自覚し、朔夜の初恋は終わりを告げたのだった。

大学を卒業し、今の会社に入社してからは無我夢中《むがむちゅう》だった。コンサルに向いていたのか実績を残すことができ、仕事をいくつも任せてもらえるようになった。

充実した日々だったが、相変わらずオメガのフェロモンを感じないことが悩みだった。

このままでは番を見つけることは難しいかもしれないと諦めかけていた時だった。

ホテルの仕事が決まり、客の目線を知るために宿泊した夜。ホテルに足を踏み入れた時から体と気持ちが落ち着かず、体温が上昇するのを感じていた。支配人の計らいでグレードの高い部屋に案内されてからも体調はおかしくなっていくばかりで、焦りは募る一方だった。部屋でじっとしていられずにホテルの廊下を歩いていた時、脳が蕩けるような甘い匂いを強く感じた。フェロモンだと本能で理解し混乱しかけた時、曲がり角から晃一が現れた。

突然のことに避けられず、正面からぶつかる。大きくよろけたのを咄嗟に抱きとめてから晃一だと認識し、総毛立った。目の前の存在が信じられず、同時にフェロモンに体が反応して酷く困惑した。視線が交わった時、初めて晃一を見た時のような懐かしく満たされた心地がした。

運命なんてあるわけない、あったとしても自分には無縁のものだと思っていたのに、その時に運命が存在することを確信した。これが偶然だなんて思えない。ずっと探していた何かを見つけたような安堵を覚え、フェロモンに誘われるがまま本能に身を任せた。

あの時の幸福感を、言葉で言い表すことはできない。晃一を求め、求められ、込み上げた愛おしいという感情を、きっと生涯忘れることはできない。

＊＊＊

セレスティアルガーデンホテル。業界大手の芹沢グループの新ブランドであるこのホテルでの仕事に抜擢《ばってき》された時は、人生を変えるような出来事が起こるなんて想像もできなかった。ホテルに足繁く通い全力でコンサルティングに取り組み、約半年。今日が最終日であることが嘘のように、あっという間に時間が過ぎた。それはきっと、仕事だけでなく個人的に思い入れがあったからこそなのだろう。

通用口を抜け、目指すのは支配人室。業務はほとんど終了しており、あとは支配人への簡単な説明と挨拶をするだけだった。それが終わればこのホテルとの繋がりは消え、足を運ぶこともなくなる。憂鬱に感じてしまうのは、たった一人に会えなくなってしまうという現実のせいだ。

従業員用エレベーターに乗り込み、支配人室のある三階のボタンを押す。まもなく扉が開くと、そこに今しがた思い描いた姿があって、息を呑んだ。

「……晃一さん」

扉の前には、晃一と昭仁が並んで立っていた。

驚いた顔の晃一と黙ったまま見つめ合う。扉が閉じそうになり、朔夜は咄嗟にボタンに手を伸ばした。エレベーターを降りると晃一が入れ替わるようにして乗り込んでいき、脇をすり抜けていく横顔に胸が詰まる。思わず振り向き、晃一の名前を呼んでいた。

「……っ、晃一さん！」

晃一の足が止まり、けれどこちらを振り返ることはしなかった。背中を見つめ、朔夜はぐっと拳を握りしめた。

「俺、今日が最終日なんです。……今まで、本当にありがとうございました」

自分で言っておきながら、まるで別れの言葉だな、と思った。間違っていないのだけれど、他に何を言えばいいのかわからない。自分の気持ちを言葉にすれば、きっと晃一を困らせることになる。

晃一は少しの躊躇いのあと、ゆっくりとこちらを振り返った。そして何かを言いかけてやめ、視線を落としてからもう一度朔夜を見た。

「こちらこそ、お世話になりました。……ヒメに、よろしく。元気で」

エレベーターの扉が閉まり、晃一の姿が見えなくなる。今すぐに追って行きたくなる衝動を必死に耐えた。

昭仁が事も無げに「じゃあ、行こうか」言って歩き出し、朔夜も後に続く。昭仁は晃一を見送りにここまで来たのだろうかと疑問が浮かんだが、すぐに余計な考えをシャットアウトした。

支配人室に入ると昭仁は来客用のソファにどっかりと腰を下ろし、朔夜にも座るよう促した。

「五十嵐くん、今日が最後だっけ。寂しくなるなあ」

「はい。半年間、ありがとうございました」

「お礼を言うのはこっちだよ。このまま行けば前年比大きく超えるって本部のじいさん達も喜んでたから、これで俺も小言ネチネチ言われなくて済む。ほんと、ありがとね」

「いいえ、芹沢支配人の尽力あってです」

セレスティアルガーデンホテルの仕事に抜擢された時、朔夜は相当なプレッシャーを感じていた。業界大手の芹沢グループからの初の依頼であり、社内からの期待は大きく絶対に成功させたいと思っていた。

当初は難しい案件だと構えていたが、蓋を開けてみればホテルの問題は些細なことの積み重ねであり、それをひとつひとつ改善していくことで伸び悩んでいた業績はすぐに向上していった。これだけスムーズに事が運んだのは、職場の雰囲気がもともと良かったということが大きい。コミュニケーションが充分に取れており、こちらの指摘や提案に反発することなく受け入れてくれる柔軟さは仕事をする上で非常にありがたかった。それは恐らく支配人である昭仁が間に入ってくれたおかげであり、従業員が彼を信頼しているからに他ならなかった。

大雑把で緩い雰囲気なので一見わかりにくいが、相当頭が切れて視野が広い。昭仁が本気を出せば、コンサルなんて必要なかったのではないかとすら思う。

最後にこれからの経営についてまとめた資料を渡し、説明をしてすべての業務が完了する。達成感はあるのにどこか虚しく、終わってしまうことが信じられなかった。

「五十嵐くん、最後まで俺に心開いてくれなかったね。それだけが残念だなあ」

「……それは、芹沢支配人も同じですよね」

昭仁が、残念なんて思っていないことは明らかだった。返答に棘《とげ》が混じってしまったのは、今日が最後だからかもしれない。

昭仁を優秀で稀有な存在であると認める一方で最後まで好きになることができなかったのは、朔夜個人の思いからだ。想い人の上司であり、親友。そして特別な位置づけの存在。晃一と昭仁は傍から見れば番かと思うほど親密で、二人が並んでいる姿を見るたびに嫉妬で胸が黒く焼け焦げそうになった。恋愛関係になることはないと口で言っていても、昭仁が本気で懇願すれば晃一はきっと頷いてしまう。そんな危うさがあって、昭仁を意識するなというのは難しかった。

何より、昭仁はたびたび朔夜を挑発するような真似をしてきた。こちらの気持ちを知っていて試しているような、からかっているような、絶妙なラインで。

それが牽制だったのか、ただの嫌がらせなのか、それだけは最後までわからなかった。この男に心を開くことなんてこれからも絶対にない。それはきっと、お互い様のはずだ。

「じゃあ、俺は最後にぶっちゃけちゃおうかな。仕事上では五十嵐くんに感謝してるけど、晃一のことに関しては正直ちょっとガッカリしたわ」

昭仁は普段の緩い雰囲気からは考えられないほど冷たい表情をその顔に浮かべた。唐突に晃一の話を出され、朔夜の胸にどろりとした憤りに似た感情が込み上げる。

「……どういう意味ですか」

「さっき、ありがとうございましたって言った時。なんだ、これで終わりなのかって拍子抜けしたっていうか五十嵐くんはもっと根性あるかと思ってたから、幻滅したって、それだけ」

視線が鋭くなり、昭仁が苛立っていることが伝わってくる。どうしてあんたが怒るんだという理不尽さも感じ、目を逸らさずに見返した。晃一のことを昭仁に言われる筋合いはない。

「……俺は、別に貴方にどう思われようと構いません。晃一さんのことは、自分自身で折り合いをつけているので」

「へえ、そうなんだ。じゃあ、俺が晃一貰ってもいい？　今回の件で、相当参ってるみたいだから、今なら靡《なび》きそうだよな。焦って番探そうとしてるし」

相変わらず無表情で言う昭仁に、胃の辺りをぐっと押さえられた気がした。思わず怒りを露わにしかけ、堪える。それでも昭仁を睨みつけることだけは我慢できなかった。

「できもしないくせに、そんなこと言わないほうがいいんじゃないですか」

「……は？」

「晃一さんを番にするつもりがあれば、とっくの昔にそうしてるはずだ。今の今まで手も出せなかった奴が、今更どうにかできるとは思えない」

二人の距離感を脅威に感じていたことは本当で、けれど今言った言葉も本心だった。昭仁の気持ちなんて知らないが、十年も同じ関係を続けている以上、それを壊すには相当の覚悟がいる。晃一が弱っているからという理由で手を出すなんてこと、この男がするわけがない。今の昭仁の目的は、朔夜を煽ること。それだけだ。

「……それから、ひとつ訂正したいことがあります」

昭仁は、大きく勘違いしていることがあった。

「——俺を、あんまり舐めないでくださいよ。晃一さんを追わなかったのは、時間が必要だと思ってるからだ。フラれて傷心だとでも思ったのかもしれないが、何年掛かっても諦めないって腹括ってる。俺は最初から引き下がるつもりなんか、ない」

これだけは言わなければ気が済まなかった。晃一を諦めるつもりは微塵《みじん》もないということを。

さっきだって本当は引き留めて無理やりにでも抱きしめてしまいたかった。腕の中に閉じ込めて、永遠に誰の目にも触れさせないようにしたい。それをしないのは、今は時間が必要だと思っているからだ。

疑似的な番関係のことも父親のことも、全部曖昧なままで、これ以上突っ走るのは晃一を困らせるだけ。今は一旦お互いに冷静になる必要があった。

だけどその実、晃一にまた本気で拒絶されたらと思うと臆してしまう自分がいるのも本当だった。時間が必要なのは、自分自身なのかもしれない。そんなこと、昭仁には絶対に言わないけれど。

昭仁はわずかに目を見開き、それから小さく笑った。

「ふうん。俺の出る幕じゃなかったってことか。ちょっと安心した」

煽ってきたのは簡単に諦めるなという意味なのか、それともただ本当に失望しただけなのかはわからないが、昭仁を、朔夜は複雑な思いで見る。この人の真意がどこにあろうともう関係ないが、晃一を大切に思っていることは確かだ。そうでなければ親友の恋愛事情にここまで首を突っ込む理由はない。

「……芹沢支配人。ひとつ、聞いてもいいですか」

「うん、何」

「――貴方は、晃一さんを自分で幸せにしようとは思わないんですか」

昭仁は表情を変えず、朔夜を見返していた。目線がゆっくりと横にずれ、どうかな、と小さく呟き、遠くを見るような目をした。

「晃一が幸せになればいいって思ってるよ。昔からずっと。だってあいつ良い奴だろ。俺、友達って言えんの、晃一だけなんだよね」

「………」

「正直、晃一と番になったらって考えたことはある。でも、俺は晃一の望む番にはなれねえ。フェロモンも効かねえし、きっとどっかで破綻する。見えてんだよ終わりが。俺達は上手くいかねえって」

静かな口調で昭仁は続ける。依然としてこちらは見ず、なんだか自分に語りかけているみたいだった。

「この半年間、晃一は見たこともない顔で笑ったり落ち込んだりしてた。俺じゃ、させてやれねえ顔だ。だから、俺は君が晃一の番になったらいいって思った。そんだけ。……それにな、感謝もしてる」

「え？」

「もしも晃一のフェロモンが不特定多数——俺にも効いてたら、たぶん勢いで番にしちまってた。そうなってたら、今晃一は俺の傍に居なかった。ダチだから俺達は一緒に居られたんだよ。だから、そこは晃一を噛んだ五十嵐くんのおかげってわけ。まあ、礼なんか言わねえけどな」

朔夜は悔しい気持ちを覚える。この人は誰よりも晃一の近くに居て、晃一を大事にしてきた。そんな愛し方、自分には到底できそうもない。こんな形の愛情もあるのだと、初めて知った。

「じゃあ、本当の最後に、五十嵐くんに良いこと教えてあげよう」

こちらを見た昭仁は、いつもの軽薄そうな雰囲気に戻っていた。ほんの一時でも本心を覗かせたことは、珍しいことなのかもしれない。

「晃一はなんと今日、アルファに会う約束があんだって。んで、キメていきたいから俺にスーツ貸して欲しいってことで、見立ててやったんだよね。だからさっき会った時ちょっと格好良くなってただろ」

「……は？」

「そりゃ、晃一も気合い入るよな。そんでこれは秘密なんだけど、そのアルファ、初恋相手らしい。どうやらかなり年上の独身アルファらしくてな。その歳まで独りってことは、かなり遊んでるんじゃねえかなって思うわけ。まあ、俺は人のこと言えねえんだけど。どう思う五十嵐くん」

全身がざわついて、目の前が暗くなる。どうしてそんな人のところに行かせたのか、昭仁を問い詰める余裕はなかった。とにかく晃一は今、アルファに会おうとしている。

「カフェ・プリマヴェール、十一時。だったような？」

「……っ、」

「ハイ、ってことで雑談は終わり。五十嵐くん、半年間お疲れ様でした！」

昭仁がソファから立ち上がり、伸びをする。今度は明確に「行け」と言われたのがわかって、遅れて立ち上がるとデスクに移動した昭仁の前に立った。

「――芹沢支配人、俺も礼は言いません。晃一さんは、俺が幸せにします」

背後で昭仁が笑った声を聞きながら支配人室を飛び出した。エレベーターを待つ気になれず、階段を駆け下りる。一刻も早く晃一のもとへ行きたくてたまらなかった。その先のことは、後から考えればいい。

晃一のことになると何ひとつ思い通りにならなくて、振り回されることばかりだった。会えた時は発情期の真っ最中で、捕まえたと思ったら突き放されて。だけどどうしても嫌われているとは思えず、夢中で手を伸ばした。家の猫に会いたいなんて隙を見せたり、無防備に涙を見せてきたり、強がって倒れたり、晃一を見ているだけで感情が忙しくて、でもこれ以上ないほど幸せだった。

バーカウンターに立っている時の文句なく格好良い姿も、時折見せる素の笑顔も、不器用で一生懸命なところも全部が好きだ。運命かどうかなんて、どうでもいい。ただ、晃一と一緒に生きたい。それだけだ。

＊＊＊

待ち合わせに指定されたカフェ・プリマヴェールは、開放感のあるウッドテイストのおしゃれな店だった。有名なバリスタの店の二号店らしいが、晃一が足を踏み入れるのは初めてだ。落ち着いた雰囲気の店内はコーヒーの良い香りが漂っており、平日の午前中にもかかわらず賑わっていた。

店員に案内され、窓際の席に通される。待ち合わせ時間よりもだいぶ早く着いてしまい、しばらく気の休まらない時間を過ごすことになりそうだった。せっかくのコーヒーも、今日はたぶん楽しむことはできない。

今日、晃一は二十年ぶりに総介に会う。きっかけはブルーローズのSNS。更新が増えたことで晃一の姿が総介の目に留まり、DMをくれたのだ。朔夜との事情を何も知らない総介は、会いたいと言ってくれた。朔夜に決別を告げたタイミングだったのでかなり驚いたが、いい機会だと思い会う約束を取り付けた。遅かれ早かれこちらから連絡するつもりだったし、総介にこれまでの経緯を話し、もう朔夜には会わないと謝罪する予定だった。

昨晩は眠れず、今も指先が冷えるくらいに緊張している。

約束の時間が近付くにつれ、だんだんと総介に打ち明けないほうがいいのではないかという迷いが生じてきた。大事な息子に手を出してしまったことを謝りたいという思いは晃一の自己満足であり、この先自分が総介と朔夜に関わらなければすべて丸く収まるのではないかと。

そう思ったら今すぐにでもここを離れるべきだろうかと考えてしまったり、思考がぐるぐるとまわっておかしくなりそうだった。年齢ばかり重ねて、こんな時にどうすれば最善なのかを冷静に考えることもできない自分に嫌気が差す。自分が年齢に見合った大人だったら朔夜に出会う前に良い番を見つけることができて、疑似的な繋がりを自然に解消できたかもしれないのに。やっぱりこんな年齢までパートナーを見つけることができなかったことこそが、すべての原因だと強く思う。

「──晃一くん？」

「……、あ……」

「ああ、やっぱり晃一くんだ。久しぶりだね。大丈夫か、顔色が悪いけど」

懐かしい声に顔を上げると、そこには心配そうにこちらを見る総介の姿があった。朔夜と同じ、夜空のような穏やかで力強い瞳。白髪としわが増えていても、晃一を気遣う優しい低い声もあの頃のままだ。一瞬声が出ず、心配をかけまいと無理やり口を開こうとしたけれどできなかった。懐かしさや罪悪感等、様々な感情が込み上げてなんだか泣きそうになる。

「……っ、総介、さん……」

「本当に久しぶり。とりあえずコーヒーでも飲んで、落ち着こうか」

席に着いた総介は、ブレンドをふたつ注文した。そして晃一に改めて笑いかけ「会えて良かった」と言ったので胸がぎゅっと痛んだ。再会を喜ぶ総介にこれから自分が告白することを思うと、笑うことなんてできなかった。総介は明らかに様子のおかしい晃一に気付いた上で、なんでもないように振る舞ってくれている。

「……総介さん、お久しぶり、です。連絡ありがとうございました。今日は俺、総介さんに話したいことがあって来ました」

「話？　二十年も会ってなかったのに、なんだろう」

「……息子さんの……、朔夜くんのことです」

朔夜の名前が出たことを意外に思ったのだろう。総介はわずかに目を見開いた。それもそうだろう。晃一が朔夜に最後に会ったのは五歳の時だ。しかも朔夜は晃一のことを忘れていたくらいだから、二人の話題に上ったことすらないのではないだろうか。

「朔夜？　あの子と会ったのか」

「はい。俺が働いているホテルに、コンサルとして来たのがきっかけで再会しました」

「ああそうか、なるほど……」

納得したように頷く総介に、どこから伝えるべきか考える。どう言っても驚かせてしまうのは避けられず、慎重に言葉を選ぶ必要があった。意図せず黙り込んでしまった晃一の次の言葉を、総介は待ってくれている。焦りが募り、冷や汗が吹き出してきたその時、カフェのドアベルの音が店内に大きく響いた。同時に朔夜の声が聞こえた気がして、晃一は自分の耳を疑った。

けれどすぐに、それはあり得ないことだと思い直す。朔夜は今ホテルで最後の仕事をしているのだから、この場所にいるはずがない。幻聴だと自分に言い聞かせるのに、心臓が痛みと共に拍動する。

「――晃一さん！」

今度こそはっきりと朔夜の声が耳に届き、晃一は顔を上げた。それでも目に映ったものを信じることができなかった。自分の正気を疑った。だってあるはずがない。朔夜が晃一の名前を呼んで、こちらに向かって歩いてくることなんて。だけど見間違いや願望にしては朔夜とかち合った視線に現実味があり過ぎる。

朔夜は、息を切らしていて額に汗が滲んでいた。よほど急いで来たのだろうか。乱れた髪はいつもの朔夜らしくないものだった。

晃一を一心に見つめ目の前まで来ると、朔夜は片膝を折った。そして息が整わないまま、こう言った。

「――晃一さん。俺と、結婚してください」

朔夜が何を言ったのか、すぐには理解できなかった。店内のざわめきが聞こえなくなり、朔夜しか見えなくなる。前にも聞いたことのある、その言葉。半年前のことなのに、まるで遠い昔みたいに感じた。

「俺は、運命だと思っています。晃一さんの言ったことが本当だとしても、二十年前に俺が晃一さんを噛んだことで運命にした。そう信じます。だから、絶対に諦められません。好きです。この先の俺の人生には、晃一さんしか考えられません」

畳みかけてくる必死な朔夜を、これは自分に都合の良い幻なんじゃないかと思った。

さっき会った時、朔夜からこれまでの熱量は感じず、離れることを受け入れてくれたのだと思った。ありがとうと言われてどうしようもなく悲しくなって、平静を装うのに苦労しながら、これで良かったのだと自分を納得させた。

でも、目の前の朔夜があまりにも真剣で、そんな取り繕った思いが崩れていく。朔夜の言う通り、本当に運命だったらどんなにいいだろう。走ってきてくれた朔夜の手を、想いのままに取ることができたら。

「晃一さん、お願いします。俺と正式に番になってください。あなたと家族になりたい。一緒に幸せになりたいんです。だからお願いです、俺と番になってください……！」

「…………っ、ま、待ってくれ、朔夜……」

ようやく絞り出した声は、情けなく震えていた。朔夜の懇願にこれでもかと心を揺さぶられ、言葉にならない。総介の顔を見ると困惑しきった表情を浮かべており、胸が張り裂けそうに痛んだ。

「——朔夜、落ち着きなさい」

総介が困ったように声をかけると、朔夜が息を呑んだ。晃一のことしか見ていなかった朔夜は、総介に気付いていなかったらしい。

「な……、どうして、父さんが……」

「俺も驚いてるよ。とりあえず、座ったらどうだ」

朔夜は呆然としたまま、晃一と総介の顔を交互に見た。そして少しの逡巡のあと立ち上がり、総介に言った。

「——父さん、今の俺の言葉に嘘はない。晃一さんと番になりたいと思ってる。父さんと晃一さんが知り合いだったことはつい最近知ったばかりで、今も正直状況はわかってない。けど、これは俺の本心だ」

「……俺も、訳がわからないよ。でもまあ、晃一くんの話っていうのは、なんとなくわかったかな」

困ったように総介が言い、晃一はぎゅっと拳を握り込む。二人が揃った今、すべてを打ち明けて決別するには良い機会なのかもしれない。息を吐き、腹に力を込める。顔を上げて真っ直ぐに総介の目を見るのがこれほど辛く感じたことはない。

「……そうです。俺の話は、朔夜を苦しめてしまったことです。二十年前、意図せず朔夜にうなじを噛ませてしまって、それから俺達は気付かないうちに擬似的な番関係になっていました。そのせいで、長い間フェロモンがお互いにしか反応しない状態だったんです」

「晃一さん、それは違う……！　俺は、苦しくなんて」

「苦しくなかったわけ、ないよな。じゃなきゃ、フェロモンがアルファに効かない見ず知らずのオメガに会いに、北海道まで行ったりしない」

「それは……」

言葉に詰まる朔夜に、やり切れない思いが募る。フェロモンが効かないことの苦しさを晃一自身が良く知っているからこそ、後悔はより深まった。

「初めてオメガのフェロモンに反応したことで、朔夜には俺が運命の相手だと勘違いさせてしまった。だから、朔夜がこんなことを言うのは、全部俺のせいなんです。総介さんには世話になったのに、恩を仇で返すような真似をしたことを謝りたかったんです。今日限り、二人の前には姿は見せません。本当に申し訳ありませんでした」

深く頭を下げると、朔夜が焦れたように晃一の名前を呼んだ。応えることはしてはいけない。だけど、ここまで来てくれたことを忘れずにいようと密かに思う。

「……朔夜。言っただろ。俺への執心《しゅうしん》はフェロモンのせいだ。俺のことは直に忘れるから、幸せになってくれ。これで最後にしよう」

朔夜の顔を見ることはできなかった。言葉に嘘はなくても、顔を見たら決心が鈍ってしまいそうだったから。数秒の沈黙のあと朔夜の手が肩にかかり、顔を上げた直後、唇に柔らかい感触が当たった。混乱する間もなく舌が唇を割って入ってきて、あっという間に蹂躙されてしまう。公衆の面前、しかも総介の前でキスされているのだと理解する頃には、朔夜に好きにされた後だった。

唇が離れ、視界いっぱいに朔夜の顔が広がる。久しぶりに感じた朔夜の匂いに胸がいっぱいになり、惚けたように朔夜を見つめることしかできなかった。

「……晃一さんの気持ちを、教えてください。疑似的な繋がりとか、父さんのこととか、全部考えずに、今俺を見て、俺とキスしてどう思うかを教えてください」

「それでも俺が嫌だって言うなら、諦めます。片想いからまた始めます。正直に言ってください。俺のこと、どう思うか」

「…………え？」

じっと晃一を見つめ、答えを待つ朔夜は怒っているようにも見えた。だけど、すぐにそれが怯えであると瞳を見てわかってしまう。朔夜が恐れているのは、晃一に拒否されること。強引なことをしているくせに臆病さを隠せない朔夜を、晃一は愛おしいと感じた。望むもの全部を与えてやりたい。晃一のすべてを朔夜に捧げることができたら、と狂おしいほどに思う。

再会した時、擬似的な番でなければきっと朔夜とは何事もなく仕事上の関係だけで終わっていた。そんなもしもの想像をすることが何度もあって、だけどすぐに思考するのをやめていた。それは、いくら考えても朔夜に惹かれない自分がイメージできないからだ。出会った時から、朔夜に恋をしていた。それはきっと、自分達を取り巻く環境がどんなものだったとしても、変わらない。

どう思うかなんて、考えなくても最初からわかっている。

好きだ。朔夜のことが、どうしようもなく。

情けなく表情が崩れるのを、我慢できなかった。目の奥が熱くて、喉が詰まる。残酷な質問に答えずとも、これでは本心を曝け出しているのも同然だった。

朔夜が吐息と共に小さく晃一の名前を呼ぶ。決心を貫き通さなければという思いだけで朔夜を押し返そうとしたその時、総介がふっと息をつくように笑った。一気に現実に引き戻されそちらを見ると、総介が肩を揺らしてくつくつと笑っていた。朔夜が苛立った声で「父さん」と呼びかける。

「悪い、邪魔するつもりはなかったんだ。でもな、朔夜があんまりにも俺と似たようなことするからびっくりしてな」

ふう、と息をつき、総介が遠くを見る。その目には何故か涙が浮かんでいて、総介は指で目尻を拭った。そして寂しげな笑みを浮かべてから、晃一と朔夜を見た。

「俺もな、明香里さん……、晃一くんのお姉さんに、同じことを聞いたことがある。世間体や立場を抜きにして、貴女自身の気持ちを聞かせてくれって。俺も、今の朔夜みたいに必死だったよ」

「え……？」

「しかも、うなじを噛んだところまで一緒なんだ。入院が決まった時、自分のことよりも晃一くんの心配ばかりする明香里さんがあまりにもいじらしくてなあ……。慰めるつもりが、気が付いたら抱きしめて噛んでしまってた」

思い出したのは、小さな朔夜に噛まれた夜のこと。あの日、朔夜も元気の出るおまじないだとキスしてうなじに噛み付いていた。慰めようとして噛んでしまうなんて、本当にこの親子の行動はあまりにも同じで、晃一も驚くしかなかった。

「――晃一くん。バレていたと思うけど、俺は明香里さんのことが好きだった。明香里さんも同じだったんじゃないかって思ってる。最期まで、言ってくれなかったけど。いつか、家族になるのが夢だった」

「……総介さん」

総介の言う通り、明香里も同じ気持ちだったと晃一も思っている。二人を包む空気はいつも優しく穏やかで、一緒にいることが当たり前のような気がしていた。いつか番になるのだと、信じて疑わなかった。気持ちを言わずに逝ったのは、遺される総介に対しての明香里の意地と優しさだと思う。

「それはね、君も含めてなんだよ。明香里さんの大切な君とも、俺は家族になりたかった」

「…………、え……？」

総介の言葉を、晃一はどこか呆然と受け止めた。ずっと家族を欲していた。明香里が死んだあと、晃一は一人きりになってしまったのだと思い、だからこそ総介の優しさが辛くて逃げた。そんな風に思ってくれていたなんて、ちっとも気付けなかった。

「今日、晃一くんに会ってその気持ちが今も変わらないってことがわかった。君達は本当に強くて優しくて、そっくりだね。それに、朔夜がここまで自分の気持ちを曝け出しているのを見て、気恥ずかしい以上に嬉しいんだ。我侭はほとんど言わない子だったから。これは、親として応援しないわけにはいかない。俺が昔想像した形とは違うけど、君と家族になれたら嬉しいと思う」

総介が柔らかく笑いかけてくれるが、晃一は何も言えなかった。あまりにも想定外で自分に都合の良い展開に夢でも見ているかのような気になる。そうかもしれない、これが夢なら納得できる。晃一の願望が見せた、白昼夢。

「……晃一さん」

不意に手を握られ、ぴくりと腕が跳ねた。手の甲に唇が押し当てられ、初めて体を繋げた夜と同じ色をした朔夜の瞳が晃一を射抜いた。

「――返事、聞かせてください。俺は晃一さんが好きです。俺と、結婚してくれますか」

ずっと、探していた。一生を共に生きてくれる人を。

運命の人でも、そうでなくても良かった。一緒に居て、自分を必要としてくれる人だったら。だけど今は、明確に朔夜と一緒に生きていきたいと思う。朔夜でなければ駄目だ。

これが夢でも、目覚めた時に絶望するのだとしてもいい。この手を取って、共に歩きたい。

「俺も……、俺も朔夜が好きだ。ずっと、一緒に居たい……！」

ようやく言葉にできた、紛れもない本音。少し震えてしまったけれど、朔夜に届けばそれでいい。次の瞬間、強く抱きしめられて、朔夜の匂いや体温を全身で受け止める。抱き返せば倍の強さでまた抱きしめられて、とてつもない幸福感に胸がいっぱいになった。耳元で朔夜が何度も名前を呼ぶのが嬉しくて、我慢できずに涙が零れた。

「朔夜……っ」

「晃一さん、好きです。もう絶対に離しません」

感極まった朔夜の声と共に耳に届いたのは、周囲からの歓声。ハッとして店内を見回すと、カフェの客や店員が拍手している。全員の視線は晃一と朔夜に注がれており、腕の中で硬直した。

「……っえ、あっ、え……っ？」

注目されていたことに、まったく気付いていなかった。羞恥が一気に込み上げて、顔だけでなく全身が熱くなる。慌てる晃一とは対照的に朔夜はあまり動揺が見えない。

「さ、朔夜。気付いてたのか、い、いつから……」

「たぶん、晃一さんにプロポーズしてからですかね。大声出してしまったので……」

　総介が向かいで頷いたのが見え、恥ずかしさで死ねると本気で思った。考えてみれば確かに朔夜の登場は派手で、注目するなと言うほうが無理だった。朔夜のプロポーズも、キスも、晃一の答えも、全部を見られていたのだ。穴があったら入りたいなんて比喩《ひゆ》でなく思ったのは初めての経験だった。

「ここは俺に任せて、行きなさい。それから、近いうちに二人で家に顔出すように。約束だぞ」

　総介がそう言いひらひらと手を振る。朔夜と顔を見合わせ、深く頭を下げた。総介にはもう一生、頭が上がりそうもない。

おめでとうやお幸せに、という声に礼を言いながらカフェの出入り口まで辿り着いた時、明香里の声が聞こえた気がして、はっと店内を振り返った。その姿を探しても当然見つかるはずもなく、けれど確かに存在を感じた。聞こえたのは「良かったね」という優しい声。幻聴でも、聞き間違いでもいい。胸にあたたかいものが満ち、晃一は笑った。

「晃一さん、行きましょう」

「ああ、今行く」

　差し出された朔夜の手を取って歩き出し、晃一はもう一度だけ後ろを振り返った。ありがとう、と呟いた言葉は空に溶けていった。

epilogue

「俺は残りの生涯を、ヒメの下僕として生きることに決めた」

よく晴れた休日の午後、晃一はヒメを前に誓いを立てた。お気に入りのクッションでくつろいでいるヒメはあくびをしてから、晃一に向かってにゃあ、と鳴く。その愛らしさに晃一は、ますます誓いを強固なものにした。

「俺の伴侶じゃなくてですか。晃一さん。ヒメの下僕には俺がいるんで大丈夫ですよ」

隣に座っていた朔夜が不服そうに言い、晃一は笑う。もちろん生涯お前の伴侶でもある、と言うと朔夜は満足げに口角を上げてからヒメを撫でた。

「ヒメにまた会えたのも、朔夜のおかげだしな。二人で下僕として生きていこうぜ」

「下僕は譲らないんですね……、わかりました。晃一さんがそう言うなら」

今度は二人揃って誓いを立てるが、ヒメはそっぽを向いてすっかり寝る体勢に入っている。朔夜と顔を見合わせ、気まぐれな主を静かに寝かせてやることにした。

今日は、結婚を前提としたお付き合いが始まってから初めてのデートだった。場所は即決で朔夜の家になり、ヒメも一緒に過ごしている。朔夜と家族になるということは晃一もまたヒメと家族になるということで、会いに来ずにはいられなかった。ヒメが天寿を全うするその日まで、今度こそ傍に居ると決めた。朔夜と再会したことで、ヒメとまた会えたことには感謝しかない。

「ヒメ、やっぱり晃一さんのこと覚えてる気がします」

「そうだったら嬉しいけどなあ」

リビングに移動してすぐ、晃一は不注意でローテーブルに足をぶつけてしまった。テーブルの上から紙袋が落ちたのと同時に腰が不穏《ふおん》な音を立て、その場に固まる。腰がやばい、と言いながら静かに移動して、朔夜に支えられながらなんとかソファに腰を下ろした。

「大丈夫ですか、晃一さん」

「悪い、平気だ。それより何か落としちまった」

「あ、これ、吉井さんからのお菓子ですね」

朔夜が拾い上げた紙袋は、吉井から二人へ、と晃一が預かってきたものだった。せっかくのお菓子を落としてしまい、心の中で謝罪する。

「両想い記念でしたっけ。吉井さん、律儀ですよね。俺も後でお礼言っておきます。あ、これプリマヴェールのマドレーヌだ」

「良い子だよなあ、吉井ちゃん」

朔夜と付き合うことになった時、晃一の最大の気掛かりは吉井のことだった。朔夜のことが好きで、諦めないと言っていたことを思うと自分達のことをどう伝えたらいいのか本当に悩み、罪悪感で胃がキリキリと痛んだ。しかし、それは思わぬ方向で解決したのだった。

朔夜に何を難しい顔をしているのかと問われ、晃一は思い切って吉井のことを訊ねてみたのだ。すると朔夜はきょとんと晃一を見つめ、どういうことですか、と聞き返した。

「吉井さんなら、芹沢支配人のこと何回フラれても諦めないって言ってました。真剣さが物凄いというか本気が伝わってくるので、俺も応援したいと思ってます」

いきなり昭仁の名前が出てきたことで、晃一はぽかんとしてしまった。朔夜の言葉を反芻《はんすう》し、じわじわと自分が大きな勘違いをしていたことに気が付く。吉井の好きな人は、朔夜ではなく昭仁だったのだ。

朔夜と吉井はお互いに高嶺《たかね》の花に恋をした者同士、意気投合したらしい。高嶺の花なのは朔夜と吉井の方では、と思ったが突っ込むことも忘れるくらい、心から安堵した。思い返してみれば、吉井が晃一にたびたび相談めいたことをしてきたのは相手が親友の昭仁だったからなのだ。以前、付き合っていないことを何度も確認されたのを思い出し、自分の思い込みの激しさを恥じるしかなかった。

「それにしても、昭仁か……。吉井ちゃんと、昭仁……。ど、どうなんだろうな、これは」

「まあ、その、茨の道でしょうね。ちなみに初恋らしいです……」

昭仁は良い奴で、信頼もしている。だけどそれは友人目線の話であり、昭仁は恋人としては手放しでおすすめできる男ではなかった。自他ともに認める性に対するフットワークの軽さと自由奔放さは、二十歳の女子には荷が重すぎる気がする。

吉井の恋を応援したい気持ちともっと他に良い人がいるのでは、という気持ちがせめぎ合い、晃一は何とも言えない気持ちになる。とは言え、昭仁が告白を断ったということは少なくとも吉井の真剣さを理解しているということなので、悪いようにはならないと思っている。そこだけは昭仁を信用したい。

「初恋と言えばなんですが」

「うん？」

「晃一さんの初恋相手って、もしかしなくても父ですか」

「…………え、いやっ、なんで」

総介が初恋だったことは朔夜には絶対に言っていないはずなのに、突然核心を突かれてわかりやすく挙動不審になってしまった。朔夜はそれですべてを察したようで、瞳がまったく笑っていない笑顔で「そうなんですね」とだけ言った。

「わかってると思うけど、初恋って言っても淡いやつで、今は純粋に尊敬しかないぞ。二十年前の話だし……、ていうかなんで知ってんだ」

「芹沢支配人が言ってました。俺を煽るための嘘だったらって、少し期待してたんですが、本当だったんですね……」

話が見えないが、昭仁が余計なことを言ったらしい。昭仁へ恨みの念を飛ばしながら、慰めに朔夜の頭をぐりぐりと撫でる。すると朔夜はその手を取って、自分の頬に押し付けた。じっと目を見られて、どきりと心臓が高鳴る。

「すみません。わかっていても複雑な気持ちです。当時、俺も居たのにって」

「ふは、さすがに五歳のお前に恋はできなかったなあ」

「そうですね。でも、もう子供じゃないです」

朔夜の顔が近付いてきて、目を閉じてキスを受け入れる。触れるだけのキスを繰り返しながら耳や首筋に触れられて、くすぐったさに身を捩《よじ》る。その感触に甘い疼きが混じっているのは、紛れもなく期待しているからだった。

「晃一さん、好きです。抱きたい……」

「うん……」

するりと朔夜の手が滑り、うなじをピンポイントで撫でる。保護シールをしていないうなじに触れられて、ぴくりと肩が揺れてしまった。朔夜の指が何度もそこをなぞり、その度に体の中に熱が生まれていく。

「今日は保護シール、してないんですね」

「……ああ、必要ないと思って」

「それは、噛んでもいいってことですよね。……噛みたい、晃一さん」

耳に吹き込まれた懇願が、ぞくぞくとした電流となって腰に落ちた気がした。キスしただけなのに、お腹の奥が切なく疼く。噛んでもいいかなんて、そんなの聞かなくてもいいに決まっている。

プロポーズされ番になる約束をした日から、ずっとその時を待っていた。次の発情期なのか、それともすぐにでも噛んでもらえるのか、期待に胸を膨らませながら待ち侘びていた。朔夜の切羽詰まった顔に、苦しいくらいにときめいてしまう。朔夜が自分と同じように焦れていたのだとしたら、こんなに嬉しいことはなかった。

晃一はテーブルの上に手を伸ばし、吉井からの預かりものとは別に持参した袋から小さな箱を取り出した。蓋を開けると、朔夜が目を見開く。中にはチョコレートが並んでいて、晃一はそのひとつを取り、朔夜の唇に押し付けた。

「言われなくても、今日は誘惑するつもりだった」

朔夜が何か言う前に唇を塞ぎ、口の中いっぱいにチョコレートの甘さが広がる。貪《むさぼ》るようなキスが始まり、チョコレートはあっという間に溶けてしまった。

気が付けば晃一はソファの上に押し倒され、獰猛な瞳をした朔夜を見上げていた。どうやら誘惑は思った以上に効果的だったようだ。興奮を隠しきれず舌なめずりする獣のように唇の端についたチョコレートを舐め取る朔夜が愛おしい。

「……好きだ、朔夜。早く番になりたい」

「晃一さん……っ」

「あ、でも……、腰が不安だから、あんまり激しくはしないでくれると、助かる」

急に腰の具合が良くないことを思い出し申告すると、朔夜は思い切り困った顔をした。

「……無茶、言わないでください……！　でも、一応善処します……」

どこまでも晃一に甘い朔夜に思わず笑みが零れてしまう。大切にされていることが嬉しくて、同じように大切にしたいと強く思った。

また唇を塞がれて、朔夜の手が器用に晃一のシャツのボタンを外していく。そのまま胸をまさぐる朔夜の手の平が熱い。触れられたところから熱が広がっていくようで、びくびくと震えるのを我慢できなかった。

朔夜は唇を離して晃一の上半身をじっと見つめながらシャツを腕から抜いた。そしてどこかうっとりとした瞳で胸や腹筋を手の平でなぞっていく。胸の頂を指先が掠めた時にびくりと反応してしまったのを朔夜は見逃さず、そこを何度も辿るように触れられて息が詰まった。

「晃一さん、もしかして乳首弱いですか……？」

「ンッ、っあ、そ、れは……っ、んっ」

「そうなんですね。今までがっついてたせいで気付けなくてすみません。今日は思う存分可愛がってあげますから。乳首だけじゃなくて晃一さんの良いところ、たくさん教えてください」

言いながら朔夜は右の乳首に舌を伸ばし、同時に左の乳頭を指先できゅっと摘んだ。強めの刺激に思わず腰が浮き、あられもない声が漏れる。乳首が弱いのは本当のことだけれど、なんだか体全体が敏感になっているせいでいつもよりも感じてしまう。乳首をいじられるたびに連動するように下半身にきゅんきゅんと電流が送られて、下着を押し上げている先端と、後孔が濡れていくのがわかった。

「あっ、さく、んんっ、……っや、そこ……ッ」

「気持ち良いって顔してる。かわいいです、晃一さん」

じゅるりと音を立てて乳輪ごと吸われ、同時に指でくびり出すように扱かれると乳首は完全に硬く勃ち上がった。ピンと上を向いたそこを朔夜は満足そうに見つめ、今度は左の乳首にしゃぶりついた。

「あっ？　や、さくやっ、んぁ、あっ、もう、アッ」

もう充分だと言っても朔夜は胸への愛撫をやめるつもりはないようだった。乳首をきつく吸われ、背中が戦慄く。乳首が弱いとはいえ、胸だけでこんなに反応してしまうのは初めてのことで、混乱するほどに感じてしまっている。体中が性感帯になったように敏感になるのは、相手が朔夜だからなのだろう。

「く、ア……、さく、ふぁ、あっ、だめ……、」

下半身はすでに苦しいくらいに勃起して、後孔はびしょびしょに濡れて下着を汚しているに違いなかった。胸だけではだんだん物足りなくなってきて、無意識に腰が揺れる。心得ているかのように朔夜は首や鎖骨にキスしながらベルトに手を掛けた。下着ごとチノパンを下ろされて顔を出した陰茎は、今にも弾けてしまいそうなほど熱くそそり立っていた。濡れている先端をくるりと撫でられて、思わず甘い声が漏れて腰が浮いた。

「んあ……っ」

やっぱりいつもよりも格段に敏感になっている。こちらをじっと見つめる朔夜と目が合うたびに胸が切なくときめいて、興奮が増していく。

「さ、朔夜……、俺あんま、余裕ない……っ」

「……俺も、です。晃一さん。本当はもっと、晃一さんに触れたいのに」

そう言った朔夜の呼吸は獣の如く荒くなっていた。スラックスを足から抜かれ、下半身が露わになる。乱暴にTシャツを脱ぎ、伸し掛かってきた朔夜に早く触って欲しくて、自ら足を開いてしまう。恥ずかしくてたまらないのに、それ以上に繋がりたい気持ちが強い。

「朔夜……、はやく、欲しい……」

「あんまり、煽らないでください……っ」

切羽詰まった声と共に、後孔に指を当てられる。濡れてひくついている穴が朔夜の指を喜んで飲み込み、ぞくぞくとした快感が背筋を駆け抜けた。

「んっ、……っふ、んん……っ」

ゆっくりと探るように指を出し入れされて、朔夜の形を覚えているそこが物足りないと切なく疼いた。

「ん、……っう、あ、あ……っ」

「晃一さん、綺麗です。凄く感じやすくて、かわいい……」

後ろを刺激しながら赤く膨らみ切った乳首や耳を舌で弄られて、晃一の滾りはローションを垂らしたかのように濡れそぼっていく。それ以上に指を食い締める穴は潤みきって、準備はとうに整っている。性感が高まり過ぎて、このまま挿入されてしまったらどうなるかわからないくらいに体全体が朔夜を待ち焦がれていた。

「さく、や、……あ、もう……、い、から……ッ、あ……っ？　あっ、だめ、そこ触ったらぁ……っ！」

あまりにも丁寧に中を探られるのに耐えきれず、身を捩った瞬間に陰茎を強めに握り込まれて射精を我慢できなかった。腰を震わせながら精液を吐き出して、後ろに入ったままの朔夜の指をこれでもかと食い締める。

「ひ、あ……っ、あぁ……っ、はあ、あ……っ」

「晃一、さん……」

晃一の絶頂を朔夜はどこか陶然と見つめ、ごくりと喉を鳴らした。

自分だけ先にイッてしまったことがなんだか悔しいような寂しいような気がして、晃一は息も整わないうちに朔夜に手を伸ばした。

上半身を起こし抱きついてキスをすると倍の勢いでキスが返ってきて、中に入ったままの指がまた動き出した。ぬちゅぬちゅと中を掻き回されるとすぐにでもまた達してしまいそうで、晃一は朔夜の腕を掴んで制止した。

「晃一さん……？」

「だ、だめだ。またすぐ、いっちまう、から……、そうじゃなくて……」

「え？」

抱き合った体勢から身を引き、晃一は頭を下げて朔夜のジーンズを押し上げている昂ぶりを撫でた。ぴくりと朔夜の太股が浮き、そのまま布地越しにキスをする。

「……ッ、晃一、さん……っ」

自分だけではなく、朔夜にも気持ち良くなって欲しい。今までは朔夜にリードされるばかりだったけれど、想いの通じ合った今だからこそきちんと対等に抱き合いたかった。それから年上として、翻弄されるばかりなのは悔しいという思いもほんの少し。

ジーンズとボクサーパンツをずり下げると、勢いよく朔夜の怒張が飛び出してくる。相変わらずの大きさと見事な反りに、無意識に後ろが収縮した。ろくに触れていないにもかかわらず完全に勃起していることも嬉しくて、晃一は誘われるようにして肉棒にしゃぶりついた。

「……っこ、いちさ……っ」

朔夜が動揺しながらも喜んでいることがわかって、晃一も嬉しくなる。口いっぱいに朔夜の熱を感じて、晃一の全身もより熱くなっていくのを感じる。舌を使ってゆっくりとしたストロークで竿を舐り上げると、朔夜の太股がまたびくりと跳ねた。

口に剛直を含んだまま朔夜を見上げると、興奮しきっていっそ凶暴ささえ滲む表情を浮かべていた。目を見たまま裏筋を下から上へ舐め、竿を扱きながら亀頭を口に含んで舐め回す。朔夜が呻くのが嬉しくて、夢中になってくまなく陰茎にしゃぶりついた。

「……ッ、はっ、……晃一さん……っ」

朔夜の吐き出す息が荒くなっていき、髪に手を差し入れられる。切羽詰まった朔夜がもういいと目で言っていて、晃一はちゅぷ、と音を立てて口を離した。

「晃一さん……、エロ過ぎて、やばいです、俺……」

「こういう俺は、嫌か……？」

「いえ、最高で、言葉にならないというか……、ほんと、最高です……いろんな意味で」

朔夜が本気で参っているのがわかって、なんだか笑ってしまった。そのまま朔夜をソファに押し倒し、足を開いて乗り上げると、朔夜は目を見開いて晃一を見つめた。

「朔夜……、良かった。もう我慢できない」

朔夜の剛直に手を添え、晃一は腰を上げて蜜を溢れさせる孔に充てがった。熱い塊に背中にぞくぞくとした快感が走るのを感じながら、腰を落としていく。待ち侘びたものに濡れそぼったそこが吸い付くように収縮し、切ない溜め息が漏れた。

圧倒的な存在感で内側を擦り立てながら挿ってくる屹立を、喉をのけ反らせて受け止める。

「ん、あ……っ、ああ……っ！」

「……ッ、晃一さん……っ、っく」

以前よりも大きい気がするのは、たぶん気のせいなんかじゃない。熱くて大きくて、中に朔夜の存在を感じるだけで腰が蕩けそうなほど気持ちが良い。堪えるような表情をする朔夜が感じていると意識すると、すぐにでも限界を迎えてしまいそうだった。

「あ……っ、はぁ、あ……っ、さく、やぁ……っ」

「はっ、こう、いちさん……っ」

根元まで咥え込むと奥の悦い場所に先端が当たり、腰がくだけそうになる。すぐにでも動き出したいのに足や腰が震えて上手く動けなかった。それでも、もっと強烈な快感が欲しくてスライドさせるように腰を動かすと、愛液でびしょびしょの結合部がいやらしく音を立てた。

「んっあ、あ……っ、さく、さくや……っ、アッ、ふ、うぅっ」

「はぁ……っ、晃一さん……、絶景です」

不意に伸びてきた手が両方の乳首に触れ、びくんと腰が跳ねるのと同時に後ろを締め付けた。息を詰めた朔夜がすぐさま上半身を起こし、晃一をソファにうつぶせに押し倒した。

「すみません、俺も、限界です……っ」

晃一を見下ろす朔夜のぎらついた瞳が、これからめちゃくちゃにされることを物語っていた。全身が歓喜に震え、期待で更に性感が高まる。朔夜は晃一の腰を掴んで上げると、抜けた屹立を一気に奥に押し込んだ。

「んあ……っ！　はっ、ぁ、あ……っ」

また奥まで朔夜でいっぱいになった直後、激しい突き上げが始まり、晃一の屹立から白く濁った雫がソファにぱたぱたと落ちていった。

「ひ、あ……っ、あっ、うぁっ」

射精に連動するように後ろが締まり、朔夜の剛直をありありと感じる。朔夜の熱い吐息が聞こえ、痛いくらいにぎゅっと抱きしめられる。繋がっている箇所から激しい快感が渦巻き、隙間なく寄せられた肌が溶けてひとつになる感覚がした。

律動の中で迎えたオーガズムに体を震わせていると、朔夜の指が乳首に掛かってびくりと腰が跳ねた。そのまま捏ねられて、敏感なそこは強烈なほどに快感を拾った。

「あっ、さく……っ、だめだ、んっ、あ、あ……っ」

「何が、ダメなんですか……っ、晃一さんの中、凄く悦んでる」

限界まで挿入されたそれをぐん、とさらに押し付けられ、達したばかりの体が苦しいくらいに反応する。ぬちゅぬちゅと断続的に突かれるとすぐにでもまたイッてしまいそうなのに、体がもっと欲しいと叫んでいた。うなじの辺りが切なくて、噛んで欲しいという欲望がどんどん大きくなっていく。

「や、待て……っ、あ、んあ……っ、あぅ、さくや……っ」

「むり、です……っ、どうして、止めるんですか……っ」

「ちが……っ、いく、から……っ、あっ、かんで……ッ、はやく……っ」

揺さぶられながらもどうにか言葉を紡ぎ、朔夜を振り返りうなじに手を当てる。

このままではすぐにでも絶頂してしまうから、噛んで欲しい。一刻も早く朔夜のものになりたい――そう言おうとして、それは朔夜の唇に吸い込まれてしまった。キスをしながら朔夜の手がうなじを撫で、背中が震える。言いたいことは、ちゃんと伝わったみたいだ。うなじから繋がった箇所にかけて、きゅうっとした疼きが走る。朔夜を食い締めて離さないそこがまた愛液を溢れさせるのを感じた。

「晃一さん……、好きです、……やっとだ……っ」

「おれも、俺も好きだ、朔夜……っ」

赤く染まったうなじに朔夜の唇が触れ、ちゅっと音を立てる。次の瞬間にはぐっと歯を立てられて、全身がびくんと痙攣した。

「……っあ、ひ……っ」

あられもない声が漏れ、凄まじい快感がせり上がってくる。角度を変えてもう一度噛み付かれると頭の中が真っ白にスパークして、何も考えられなくなった。朔夜の歯が食い込む痛みと、熱い滾りで中を滅茶苦茶にされる感覚。とてつもなく大きな極みの予感に精液を欲しがって内壁がうねり、律動が徐々に激しくなっていく。一際強く穿《うが》たれた瞬間に体の中で大きな熱が弾けた。

「あっあぁ……っ、さく、やぁ……っ！」

「……っふ、こう、いちさん……っ、く、う……っ」

貫かれた最奥で、朔夜の性器が脈打ちながら熱を迸らせるのを感じる。全身がぶるぶると戦慄き、腰を押し付けられるたびにイクのが止まらない。快感を通り越して苦しくて仕方ないのに、幸福感でいっぱいになる。体でもなく気持ちでもなく、もっと深い場所で朔夜と繋がったことを本能で知った。

「……晃一、さん……」

優しい声色で名前を呼ばれ、晃一は緩慢《かんまん》な動きで振り返る。汗だくで前髪が額に貼り付いている朔夜と目が合い、なんだか嬉しくて切なくて、泣きそうだ。

「……さくや」

応えるとぎゅっと抱きしめられて、キスの雨が降ってくる。自然と頬が緩み、笑みが零れた。幸せで胸が痛いなんて、初めてだ。

晃一は腕を伸ばし、テーブルの箱からもうひとつチョコレートを取り出した。それを口に咥え、体を反転させて朔夜を見上げる。朔夜の喉が鳴り、瞳に獰猛な光が宿る。

やっぱり効果抜群だな、なんて考えながら、下りてきた唇を甘いチョコレートと共に受け入れた。

＊＊＊

目を覚ました時、窓から見える空は茜色に染まっていた。

朔夜に後ろから抱き込まれる体勢で、束の間眠ってしまったらしい。晃一は身じろぎして腰がなんともないことを確認した。晃一が起きたことに気付いた朔夜が、こめかみにキスして大丈夫ですか、と囁いた。

「さすがに疲れたな……、腹も減った」

「そうですね。昼からずっとしてましたから。無理させてすみません」

改めて言葉にされて、頬が熱くなる。うなじを噛まれて番になった後も興奮は収まらず、むしろ燃える一方で抱き合うことをやめられなかった。自分にこれほどの性欲が残っていたことに驚きだったが、体は正直に疲弊《ひへい》していた。腰が思ったよりも平気なのは朔夜のおかげで、こんなところでも有能さを発揮する朔夜を純粋に尊敬した。

ふと、柔らかな感触が腕に当たっていることに気が付き、目をやって晃一は思わず動きを止めた。ヒメが、晃一に寄り添うように眠っていたのだ。まさか一緒に眠っていたなんて思わず、感動して無言のまま朔夜を見る。朔夜はおかしそうに笑って、「やっぱり晃一さんのこと、覚えてますよね」と言った。

ヒメに気を遣ってベッドに移動しなかったのに、いつの間にこちらに来ていたのだろう。朔夜との行為を見られていたのだとしたら非常に複雑な気持ちになるけれど、これから朔夜と一緒に生きていくことを考えると早く慣れるしかない。

できるだけ優しくヒメを撫でると、わずかに目を開けてからまた眠ってしまう。ヒメが起きるまでこのままでいるのも悪くないと、朔夜と笑い合った。

ヒメが水を飲みに起き出したのは約二十分後。それに合わせて晃一と朔夜も起き、シャワーを浴びてから夕飯を作ることになった。話を聞くと朔夜は料理が苦手で自炊をほとんどしないらしく、晃一が手料理を振る舞うことになった。手料理とは言っても独り身が長かったおかげで最低限のことができる程度で、立派な料理が作れるわけではない。そう言うと朔夜は食べられるものが作れるだけで凄いです、と真面目に言ったのでどれだけ苦手なのだろうと内心で思った。完璧に見える朔夜の意外な弱点を知って、少しだけ嬉しかったのは秘密だ。

考えた末に簡単でお腹も満たせる親子丼を作ると、朔夜はいたく気に入って何度も美味しいと言って完食した。今度作り方を教えると言うと、朔夜が神妙な面持ちで「暗黒物質を生み出しても驚かないでくださいね」と言ったのには笑ってしまった。

そういえば五十嵐家に世話になった時、総介は毎日栄養バランスの取れた食事を作ってくれていた。二人は似ているようで似ていないな、と言うと、朔夜はなんだか微妙な顔をしていた。

「実は、父さんのことでひとつ思い出したことがあるんですが」

朔夜が切り出したのは、夕飯の片付けが終わりソファに並んで座った時だった。吉井に貰ったマドレーヌの袋を開けながら、晃一は耳を傾ける。

「アルファなのは知ってると思うんですが、俺、父さんがオメガのフェロモンに苦労してるところを一度も見たことがないなって」

「え？　そんなことあり得るのか？」

「ですよね。自分がフェロモン効かなかったせいで深く考えたことなかったんですが、ないんですよ全然。社員にもオメガの方はいるのに」

普通に生活していても、アルファは度々オメガのフェロモンに惑わされるものだ。晃一がこれまで見てきたアルファや、昭仁も例外ではない。総介は番のいないアルファなので、まったく惑わされないでい続けることは不自然だった。朔夜に巧妙に隠していたことも考えられるが、少しもその素振りを見せないでいられるなんて思えない。

「それで思ったんですが、プロポーズした時、晃一さんのお姉さんのこと噛んだって言ってたじゃないですか」

「あ、ああ、言ってた」

「その時に俺達と同じようにお姉さんと疑似的な番関係になってたんだとしたら、フェロモンが効かなくても不思議じゃないなって」

朔夜の言葉に、後ろ頭を殴られたような心地がした。もしも総介と明香里が番関係にあるとすれば、総介がフェロモンに困らないことにも納得がいく。だけど、疑似的な番関係は繋がりが弱いはずなのに、明香里が死んだ後もずっと続くなんてことがあるのだろうか。

「父さんは毎年十二月、必ずお墓参りで家を空ける日がありました。俺は連れて行ってもらえなくて、誰のお墓なんだろうってずっと思ってました。それが晃一さんのお姉さんなんじゃないかって思うんです。お姉さんは栗色のロングヘアーじゃなかったですか。父さんの書斎で、二人が会社の前で並んでる写真を見たことがあります」

胸がいっぱいになった。たぶん、それは明香里だ。二人が並んだ写真が遺品の中に確かにあって、二十年前に晃一は五十嵐家にそれを置いていったのだ。そして、明香里の命日は十二月だ。

目の奥が熱くなり、何も言えなくなる。もしも朔夜の想像した通り、総介が今も明香里と番関係にあるのだとしたら。自分の幸せを後回しに生きていた明香里が、最後に想っていた総介と繋がることができていたのだとしたら。

涙が溢れるのを我慢できなかった。総介に心の底からお礼を言いたくて、でもきっとそれは晃一に礼を言われることじゃないのだろう。

嬉しくて切なくて、なかなか涙が止まらない晃一を、朔夜はぎゅっと抱きしめた。そして小さい頃にしたようにうなじに噛み付いてきたので、くすぐったくて笑った。

「……俺、幸せ過ぎて今死んでもいいかも」

「それは駄目です。晃一さんは俺と一緒に、ヒメの下僕として生きるんですから」

「ふは、そうだった」

抱き合って何度もキスしていると、ヒメがとことこと寄ってきてみゃあ、と鳴いた。朔夜が抱き上げるとヒメは膝の上に腰を落ち着ける。まるで自分の話をしていることがわかっているみたいだった。

「晃一さん、俺もうひとつ思い出したことがあります」

「今度はなんだ?」

「……下ネタなんですが」

「ええ？　うん」

朔夜は何故か気まずそうな顔をして、少し躊躇う素振りを見せた。朔夜が下ネタなんて意外で、おとなしく話し出すのを待っていると、朔夜は小さく「幻滅しないでくださいね」と言った。

「昔俺に噛まれた時、晃一さん今よりも髪の毛短くなかったですか」

「え、ああ。高校までずっと短かったな。自分で切ってたから。それがどうした」

「いえ、やっぱり……。俺、晃一さんのこと覚えてなかったじゃないですか。でも、ずっと自分の中に理想というか、妄想というか、そういう人がいて……、番になるならそういう男性オメガがいいってずっと思ってました」

「……うん？　どういうことだ？」

「端的に言うとですね……、自覚なしに高校生の頃の晃一さんがずっと俺のオカズだったってことです」

「……へっ」

　思いも寄らないことを言われて、変な声が出た。信じられないけれど、目の前の朔夜は嘘や冗談を言っているようには見えなかった。もしもそれが本当だとしても、言わなくても良かったんじゃないだろうか。嬉しいのだか恥ずかしいのだか、とにかく複雑で微妙な感情が胸の中を吹き荒れる。

「い、言うなよ、そういうこと……。マジかお前……」

「す、すみません、でも、まったく覚えてなかったという訳ではないことを伝えたかったんです」

「あ、あー、なるほどね。うん……」

　長いこと朔夜のオカズだったことに関しては何も言えないが、どうやら想像よりもずっと大きな想いを朔夜が抱えているらしいことは素直に嬉しいと思う。これはまさしく、幼い朔夜が作り出した運命なのかもしれない。二十年も掛かってしまったけれど、朔夜と番になることはきっと決まっていたのだ。

どことなくシュンとしてしまった朔夜の頬を両手で包み、じっと目を見つめる。唇の端にキスをして、「妄想と本物、どっちが良かった？」と囁くと、戸惑いを浮かべていた表情があっという間に男くさいものに変わった。

本物に決まってます、という予想通りの言葉が返ってきて、晃一は思わず笑ってしまった。

■あとがき■

初めまして、またはこんにちは。なつめ由寿子《ゆずこ》です。

このたびは「本当はきみに噛まれたい〜歳の差オメガバース〜」を手に取っていただき、ありがとうございます。

自身にとって三冊目のオメガバース本です。まさか三冊連続でオメガバースを書くことになるとは思わず、自分でも意外な展開でした。決してオメガバース専門の人とかではないのですが、楽しんでくださる方がいるのならもうなんでもいいかなと思っております。三冊目を刊行できたのは、応援してくださった皆様のおかげです。執筆しながらオメガバースはやはり萌えるということを再確認したので、いつか機会があればまた書きたいです。

今作は前作、前々作と同じ世界観のお話で、読んでくださっている方には繋がりが見える仕様になっています。未読の方でももしご興味がありましたら、「運命よりも大切なきみへ〜義兄弟オメガバース〜」と「叶わぬ想いをきみに紡ぐ〜非運命オメガバース〜」もよろしくお願いいたします。

そして、義兄弟オメガバースに続いて本書のイラストを描いてくださったみずかねりょう先生、華やかで繊細なカバーや挿絵をありがとうございました。またみずかね先生にイラストを描いていただける機会に恵まれてとても光栄でした。

それから担当編集様はじめ、本書に携わってくださった皆様に心より感謝申し上げます。無事に本書を刊行できたことを、幸せに思います。

最後に、本書を手に取ってくださった皆様、改めてお礼申し上げます。晃一《こういち》と朔夜《さくや》の物語を少しでも楽しんでもらえますように。そして、またいつかどこかでお目にかかれたら幸いです。

なつめ由寿子

初出
「本当はきみに噛まれたい ～歳の差オメガバース～」書き下ろし

CHOCOLAT BUNKO

この本を読んでのご意見、ご感想をお寄せ下さい。
作者への手紙もお待ちしております。

ショコラ公式サイト内のWEBアンケートからも
お送りいただけます。
http://www.chocolat-novels.com/wp_book/bunkoenq/

本当はきみに噛まれたい
～歳の差オメガバース～

2023年4月20日　第1刷

著　者:なつめ由寿子
発行者:林 高弘
発行所:株式会社　心交社
〒171-0014　東京都豊島区池袋2-41-6
第一シャンボールビル7階
(編集)03-3980-6337 (営業)03-3959-6169
http://www.chocolat_novels.com/
印刷所:図書印刷 株式会社